Mortels immortels

Mary Shelley

Mortels immortels

traduit de l'anglais par
Liliane Abensour

RIEN DE COMMUN

éditions corti

Ce livre a paru une première fois sous le titre *L'Endeuillée*
dans la collection Domaine Romantique.

N° d'édition : 2456

isbn 978-2-7143-1332-4

L'endeuillée

Un souvenir fatal, un chagrin qui répand
Son ombre blafarde sur nos jours et nos peines
Que la vie ne peut ni alléger ni assombrir,
Ne connaissant ni le baume de la joie, ni l'acuité de la douleur.

Moore

La vue qui s'offre à nous maintenant est celle d'un décor somptueux, digne d'un roi, le produit de l'art, le fruit de la nature ! Où le regard peut-il trouver paysage plus agréable et plus enchanteur que cette belle étendue d'eau de Virginia Water, tantôt présentée au ciel comme un miroir, tantôt cachée par des berges ombreuses qui serpentent, formant de sombres recoins ou s'arrondissant en doux promontoires ? Tandis que le soleil à l'ouest est proche de l'horizon, le regard est ébloui, l'âme oppressée par tant de beauté. La terre, l'eau, l'air absorbent jusqu'à l'excès la clarté qui s'écoule de ce lointain puits de lumière ; le feuillage des arbres semble ruisseler de pluie d'or, tandis que le lac, rempli d'une rosée surnaturelle, n'est que le réservoir de cette atmosphère imprégnée de soleil : les arbres et le gai pavillon, paraissant mieux découpés, plus nets que la réplique qui s'élève dans les airs, ondoient sur les eaux. Le paysage est loin d'être silencieux : des refrains, plus doux que ceux qui berçaient Vénus, l'entraînant tendrement vers le sommeil, plus riches que la chanson de Tirésias qui poussa Alexandre à son acte de destruction, plus graves que les mélopées de Sainte Cécile, flottent sur ses ondes, se mêlant à la brise qui s'attarde sur le lac sans en agiter la surface. Comme il est étrange que quelques sombres accords puissent conduire à cette source sonore, être le lien instinctif entre un son insignifiant et les harmonies qui révèlent le paradis à nos sens exaltés !

Le soleil touche à l'extrémité de l'horizon, et une lumière plus douce, plus légère, mêle sa teinte rosée au rouge flamboyant. Notre bateau flotte depuis longtemps sur la vaste étendue d'eau. Abordons maintenant la rive ombragée. La chevelure verte du saule gracieux plonge dans les eaux, les retient et les fait ondoyer. La sarcelle effrayée sort de sa cachette, effleure l'onde de son aile, soulevant une gerbe d'eau. Les cygnes imposants s'avancent sur le lac, tandis que d'innombrables oiseaux aquatiques se regroupent pour éviter les rames. Le crépuscule n'est entaché d'aucune ombre ; ce n'est que le retrait régulier, uniforme, du grand flot de lumière. Nous pouvons encore débarquer et nous promener dans les clairières bien avant que les ombres qui s'épaississent n'évoquent la nuit. Les plantations d'arbres comportent toutes les espèces anglaises, un chêne ou deux se détachant dans les allées. Là, le feuillage brillant cache le ciel, tel la fine soie d'un voile qui dissimulerait les beaux traits d'une femme. Nous pouvons, sous cet ouvrage sculpté, nous abandonner à des pensées frivoles ou, si de plus tristes méditations nous conduisent à rechercher de plus sombres ombrages, nous pouvons dépasser la cascade jusqu'aux grands bois de pins et leur vaste sous-bois de lauriers, pour atteindre le Belvédère ; ou encore, de l'autre côté de l'eau, nous asseoir à l'ombre des bouleaux au tronc argenté, ou sous la voûte feuillue de ces vieux et beaux hêtres dont les hautes racines aux formes fantasques semblent une anomalie de la nature ; et la véritable jungle des myricas odorants ne laisse aucun sens indifférent à leur agréable sollicitude.

Ainsi, ce décor splendide est réservé à son possesseur royal ; mais, quand, autrefois, la maison du gardien s'appelait le Pavillon du Régent, ou encore auparavant, lorsqu'elle était occupée par le garde forestier, les chemins tortueux de Chapel Wood étaient accessibles à tous, et les grilles qui entouraient Virginia Water et ses plantations n'avaient pas à l'entrée un Cerbère qu'aucun gâteau n'amadouait.

C'est ici qu'Horace Neville, en compagnie de ses deux belles cousines, voguait à loisir par un soir d'été sur le lac tranquille,

> Dans ce doux état où d'agréables pensées
> Communiquent à l'esprit de tristes réflexions.

Neville avait fait avec éloquence l'éloge du paysage anglais. « Sous d'autres cieux, avait-il déclaré, on trouve des paysages grandioses par leur caractère rude et sauvage, ou riches par la luxuriance de leur végétation du Midi, ou encore sublimes par leur magnificence alpestre. On peut déplorer l'absence d'un ciel plus clément, bien qu'il y ait quelque ingratitude à le faire par une telle nuit mais où trouver un paysage qui puisse se comparer à notre verdoyante terre natale, si bien pourvue en arbres et en eau : les maisons regroupées sous l'ombrage des beaux vieux ormes, les jardins resplendissant de leurs premières floraisons, les fenêtres à treillis égayées de géraniums et de roses ; l'enfant aux yeux bleus dévorant son pain blanc et conduisant une vache aux pâturages ; la haie odorante dans sa floraison d'été ; les champs clos, comme une mer de blé d'or roulé sous la brise ; l'échalier, le chemin qui court à travers la prairie jusqu'au bouquet d'arbres sous lesquels serpente le sentier, les branches se rapprochant au sommet et conférant au paysage, par leurs fines dentelles, la solennité d'une cathédrale ; la rivière sinueuse « avec son doux murmure d'arrière-pays » ; et comme un bienfait supplémentaire, des endroits comme celui-ci, cet oasis de goût, ce jardin d'Eden, cette œuvre de richesse qui témoigne d'emblée et d'un immense pouvoir et d'une puissante volonté à créer la beauté ?

Et pourtant, poursuivit-il, ce ne fut pas sans difficulté que je me décidai à cueillir les plus beaux fruits de l'héritage de mon oncle et à habiter ce lieu que je connaissais depuis l'enfance et qui s'associait pour moi à de vains regrets et au souvenir d'un chagrin. »

Horace Neville était un homme riche et de haute naissance ; mais on ne pouvait guère le désigner comme un homme du monde. Il y avait dans sa nature une gentillesse, une douceur, une sensibilité attachante qui, s'alliant au talent et à la distinction personnelle, donnaient du poids à la plus simple de ses expressions et suscitaient de la sympathie pour toutes les émotions qu'il éprouvait. La plus jeune de ses cousines, dont il était l'aîné de plusieurs années, était liée à lui par les sentiments les plus tendres, longtemps restés secrets ; mais ils étaient maintenant engagés l'un à l'autre et formaient un couple charmant et heureux. Elle le regarda d'un air interrogateur, mais il détourna la tête. « N'en parlons plus », dit-il, et donnant un élan plus rapide au bateau, ils atteignirent bientôt la rive, débarquèrent et parcoururent à pied la vaste étendue de Chapel Wood. Il faisait nuit noire quand ils retrouvèrent leur voiture à Bishopsgate.

Une ou deux semaines plus tard, Horace reçut des lettres qui l'invitaient à se rendre dans une région éloignée. Quelques jours avant son départ, il demanda à sa cousine de faire une promenade avec lui. Après avoir traversé plusieurs prairies, ils se dirigèrent vers le vieux cimetière de Windsor. Au début, il ne s'écarta pas du chemin habituel ; et tout en marchant, tous deux parlaient gaiement, avec entrain. Cette belle journée ensoleillée avait de quoi les réjouir ; les vagues dansantes se pressaient à leurs pieds ; l'église du village dressait son clocher de campagne vers le ciel pur et éclatant. Il n'y avait rien dans leur conversation qui pût amener la jeune fille à penser que Neville l'avait conduite dans ce lieu pour quelque raison attristante ; mais, lorsqu'ils furent sur le point de quitter le cimetière, Horace, comme s'il s'était soudain ressaisi, s'écarta du sentier, traversa la pelouse et s'arrêta devant une tombe près de la rivière. Aucune pierre n'évoquait la mémoire de la personne qui reposait sous terre : la tombe était recouverte d'une herbe épaisse, semée d'une abondante végétation d'humbles pâquerettes ; quelques feuilles mortes, une branche de mûrier cassée en altéraient l'apparence soignée. Neville les enleva et dit : « Pendant mon absence, Juliette, je confie à tes soins ce lieu sacré. Il n'y a pas de monument, poursuivit-il, selon les instructions qui furent strictement suivies par les deux personnes à qui elle les donna. Un jour, quelqu'un sera peut-être étendu auprès d'elle, dont le nom servira d'épitaphe. Il ne s'agit pas de moi, ajouta-t-il, avec un vague sourire, devant la terreur qu'exprimait le visage de sa cousine, mais promets-moi, Juliette, de protéger cette tombe contre toute violation. Je ne souhaite pas t'attrister avec cette histoire ; cependant, si j'ai éveillé ton intérêt, j'y satisferai, mais pas maintenant, pas ici. »

Ce ne fut que le lendemain, qu'en compagnie de la sœur de Juliette, ils se rendirent à nouveau à Virginia Water et s'assirent à l'ombre des pins, dont le balancement mélodieux dans le vent exhalait une harmonie céleste, et que Neville, sans qu'il en fût prié, commença à raconter son histoire.

« À l'âge de onze ans, je fus envoyé à Eton. Je ne m'attarderai pas sur mes souffrances là-bas. Je n'en aurais pas parlé si elles ne faisaient partie du récit présent ; j'étais un « petit », attaché au service d'un véritable tyran ; tout ce qu'il pouvait imaginer – et ce jeune despote ne manquait pas d'ingéniosité –, il l'inventait pour m'ennuyer ; tôt le matin et tard le soir, j'étais forcé de le servir et de négliger mon travail scolaire, encourant ainsi des punitions. Il y avait pire encore : il prenait plaisir à m'humilier et, trouvant que je ressemblais trop à ma mère, il essayait de me forcer à commettre des actes de cruauté contre lesquels ma nature se révoltait, et je refusais d'obéir. On peut toujours évoquer l'esclavage aux Indes Occidentales ! J'espère que les choses se sont améliorées maintenant ; de mon temps, les tendres années des jeunes aristocrates étaient soumises à une servitude capricieuse, cruelle, impitoyable qui dépassait de loin le despotisme mesuré de la Jamaïque.

Un jour – j'avais passé deux ans à l'école et j'en avais presque treize –, mon tyran (je ne puis l'appeler autrement), cédant aux caprices du pouvoir, me donna l'ordre de tuer un pauvre petit bouvreuil que j'avais apprivoisé et mis en cage. Par malchance, il le trouva dans ma chambre et fut indigné que je pusse avoir l'audace de m'accorder le moindre plaisir. Je refusai courageusement, avec obstination, bien que les conséquences de ma désobéissance fussent immédiates et terribles. C'est alors que parvint un message du professeur principal de mon persécuteur : son père venait d'arriver.

« Eh bien ! mon vieux, un de ces jours, je te le ferai payer ! » S'emparant au même moment de l'animal, il lui tordit le cou, le jeta à mes pieds, et quitta la pièce avec un rire sarcastique.

Jamais jusque-là je n'avais ressenti la rage furieuse (et puis-je ne jamais plus la ressentir à nouveau) qui enfla mon cœur prêt à éclater ; la vue de mon petit protégé expirant à mes pieds, mon désir de vengeance, mon impuissance, avaient créé en moi un Vésuve qu'aucune larme ne pouvait éteindre. Si j'avais pu dire ma colère ou agir, c'eût été moins torturant : il en alla ainsi jusqu'à ce que je me répandisse en un torrent d'injures et d'imprécations. Mon vocabulaire, qui devait être particulièrement choisi, provenait de celui-là même contre lequel il était dirigé. Mais les mots n'étaient que du vent. Je voulais donner une preuve plus substantielle de mon ressentiment : je détruisis tout ce qui lui appartenait dans la chambre, le mis en pièces, le piétinai, l'écrasai avec une force supérieure à celle d'un enfant. Mon dernier acte fut de saisir une montre dont mon tyran était particulièrement fier et de la jeter à terre. Tandis qu'elle gisait détruite à mes pieds, je repris mes esprits en la voyant et une sorte de sentiment de peur calma le tumulte de mon cœur. Je me mis à envisager une évasion : je sortis du bâtiment, descendis l'allée en courant à travers des prairies, hors du collège et me retrouvai loin de Eton. Un « grand », ami de mon bourreau, m'aperçut. Il m'appela, pensant d'abord que je faisais une course pour lui ; mais voyant que je « m'esquivai », il répéta, d'une voix autoritaire, « viens ici ». Je pris mes jambes à mon cou ; il n'estima pas nécessaire de poursuivre.

Mais je deviens ennuyeux, ma chère Juliette. Qu'il me suffise de dire qu'une peur très forte d'être puni à la fois par mes maîtres et par les « grands » me poussa à prendre la résolution de m'enfuir. Je parvins au bord de la Tamise, attachai mes vêtements au-dessus de ma tête, franchis le fleuve à la nage et, après avoir traversé plusieurs champs, j'entrai dans Windsor Forest avec le sentiment vague et puéril que je pourrais me cacher à jamais dans l'obscurité inexplorée de ses vastes étendues sauvages. C'était le début de l'automne ; la température était douce, et il faisait même chaud ; les chênes dans la forêt ne montraient aucun signe de changement à l'approche de l'hiver, bien que la bruyère à leur pied eût pris une teinte jaunâtre. J'arrivai dans Chapel Wood ; je me nourris de châtaignes et de faînes et continuai de me cacher à la vue des gardes-chasses et des bûcherons. Je vécus ainsi pendant deux jours.

Mais les châtaignes et les faînes constituaient une bien pauvre nourriture pour un garçon de treize ans en pleine croissance. Il y eut un jour de pluie et je commençai à penser que j'étais le garçon le plus malheureux du monde. J'avais obscurément une vague idée de ce qu'était l'inanition : je pensai à l'histoire des

« Enfants dans le Bois », au linceul de feuilles pieusement confectionné par le rouge-gorge ; ce qui me rappela mon pauvre bouvreuil et des torrents de larmes ruisselèrent le long de mes joues. Je pensai à mon père et à ma mère ; à vous, qui étiez alors ma très jeune cousine et ma camarade de jeu ; et je pleurai avec une ardeur renouvelée jusqu'à ce que je finisse, à bout de forces, par me recroqueviller sous un immense chêne au milieu des feuilles sèches, vestiges d'une centaine d'étés, et par m'endormir.

Je fais des digressions, comme si j'avais toute une histoire à raconter : j'ai pourtant peu de choses à dire, si ce n'est un portrait à présenter, une ébauche, qui vous amusera ou vous intéressera. Lorsque je m'éveillai, la première chose qui s'offrit à ma vue fut un petit pied, délicatement recouvert de soie et de tendre chevreau. Je levai les yeux, stupéfait, m'attendant à voir un beau vêtement dans le prolongement de ce premier indice d'élégance, digne d'une personne de haut rang ; mais je découvris une jeune fille, qui avait peut-être dix-sept ans, vêtue simplement d'une robe de coton de couleur sombre, le visage abrité par un grand chapeau fait en paille grossière ; elle était pâle, d'une blancheur marmoréenne ; ses cheveux châtains étaient divisés en deux tresses de part et d'autre de son front qui portait les marques d'une souffrance extrême ; ses yeux étaient bleus, grands, mélancoliques, souvent remplis de larmes ; mais sa bouche avait une expression de douceur et d'innocence enfantines qui adoucissaient la tristesse de ses traits.

Elle s'adressa à moi. J'avais trop faim, j'étais trop épuisé, trop malheureux pour résister à sa gentillesse, et acceptai avec joie de me laisser conduire chez elle. Nous sortîmes du bois en passant par-dessus des barrières renversées, pour aller vers Bishopsgate Heath et arrivâmes à son logis, après une courte marche. C'était une chaumière triste et isolée ; les palissades étaient en mauvais état, le jardin à l'abandon, les fenêtres à treillis dépourvues de fleurs ou de plantes grimpantes ; à l'intérieur, la maison était bien tenue, mais sombre et même misérable. Pour être agréable, une chaumière aux dimensions réduites exige une apparence de gaité et d'élégance ; dans cette cabane, le sol nu, propre il est vrai – les chaises en paille, la table en bois blanc, les rideaux à carreaux étaient même en deçà d'une rusticité paysanne ; c'était cependant la maison de mon aimable guide, dont la petite main blanche, délicatement gantée, contrastait avec la simplicité de ses vêtements, tout comme sa douce personne détonnait par rapport aux objets disgracieux de sa très humble demeure.

Pauvre enfant ! Elle avait voulu complètement cacher son origine, s'abaisser au rang de paysanne, et ne se doutait pas que des dissonances très étranges la trahissaient à jamais. Ainsi, la vaisselle posée sur la table était pauvre, le repas insuffisant, même pour un ermite ; mais le linge était d'une finesse incomparable, et les bougies étaient placées dans des chandeliers dont un mendiant n'aurait pas voulu. Mais, les détails que je mentionne, je ne les observai que plus tard. Je n'avais alors conscience que du petit-déjeuner abondant qu'elle me fit servir par une jeune fille, son unique servante, et de la voix douce, apaisante de mon hôtesse qui témoignait d'une gentillesse que j'avais bien peu connue ces derniers temps. Quand ma faim fut calmée, elle me fit raconter mon histoire, m'encouragea à écrire à mon père et me garda chez elle jusqu'à ce que, pardonné, au bout de quelques jours, je retournasse à l'école ! Peu après, je passai dans la classe supérieure et mon pénible esclavage prit fin.

Chaque fois que je le pouvais, je rendais visite à cette nymphe masquée. Je ne me mêlais plus à mes condisciples ; leurs distractions, leurs intérêts me paraissaient vulgaires et stupides ; je n'avais plus qu'un but en vue : suivre les cours et filer vers la maison d'Ellen Burnet.

Ne prenez pas l'air grave, mon aimée ! certes, d'autres jeunes garçons, comme je l'étais alors, ont été amoureux et j'aurais pu l'être aussi ; mais pas d'Ellen. Sa profonde, son intense mélancolie, sœur du désespoir, son discours sérieux et triste, son esprit étranger à toutes préoccupations temporelles, l'interdisaient ; mais, il émanait de sa tristesse un enchantement, de sa conversation une fascination qui m'élevait au-dessus de l'existence ordinaire ; elle créait un cercle magique où je pénétrais comme sur une terre sacrée : il ne s'apparentait pas au Ciel, car le chagrin en était le caractère dominant mais une exaltation des sentiments, un enthousiasme, une vision au-delà de la tombe, le rendaient surnaturel, singulier, sauvage, envoûtant. Vous avez souvent remarqué que j'étais différent des autres hommes ; je me mêle à eux, je m'associe à leurs occupations et à leurs distractions, mais une partie de moi leur reste cachée ;

une source vive, à l'abri de toute contamination, est présente au fond de mon cœur : elle ne sert à rien, mais elle est là ; Ellen sut la faire jaillir et depuis, elle continue de couler.

De quoi parlait-elle ? Elle ne citait aucun événement du passé, ne faisait aucune allusion à une quelconque relation avec un ancien ami ou parent ; elle parlait des différentes souffrances qui accompagnent l'humanité, des complexités de la vie, des malheurs provoqués par la colère, l'amour, le remords, la mort, et de ce que nous pouvons espérer ou craindre au-delà de la tombe ; elle exprimait le sentiment de désarroi qui agitait son cœur brisé, puis, elle devenait terriblement éloquente, jusqu'à ce que, s'interrompant brusquement, elle se reprochât de me faire connaître tous ces malheurs sans nom. « Je vous fais du mal, répétait-elle souvent ; je ne vous rends pas apte à la société ; j'ai tenté, vous voyant jeté dans ce microcosme à l'image du monde mauvais, de vous soustraire à sa contagion ; je crains d'être la cause de maux plus grands pour vous que ceux qui naîtraient de la fréquentation de vos semblables, dans le cours ordinaire des choses. Ce n'est pas bien... Détournez-vous du daim blessé. »

Le tableau comportait des teintes plus sombres encore que celles que je viens de présenter. Ellen était plus malheureuse que ne peut l'imaginer quelqu'un comme vous, ma chère enfant, qui ne connaissez pas la souffrance. Parfois, elle trouvait des mots pour exprimer son désespoir : il était si fort que les limites entre la sensation physique et l'activité mentale s'en trouvaient brouillées et chaque battement de son cœur était un martèlement douloureux. Et voilà qu'elle s'arrêtait soudain de parler de ses tourments, poussait un cri de détresse, me demandait de la laisser seule, cachait son visage dans ses mains et tremblait, en proie à l'angoisse éveillée par certaines pensées. L'idée surtout qui la hantait, malgré ses sérieux efforts pour la repousser, était celle de l'auto-destruction qui casserait le fil d'argent unissant tant de grâce, de sagesse et de douceur, et soustrairait au monde une créature destinée à en être l'ornement. Parfois, sa piété la retenait ; le plus souvent, le sentiment d'un mal insupportable lui faisait avec plaisir tourner et retourner dans sa tête cette terrible décision. Elle m'en parlait comme d'un crime ; mais j'ai souvent pensé qu'elle le faisait pour éviter que son exemple n'eût un mauvais effet sur moi, plutôt que poussée par la conviction que Dieu considérerait avec colère l'acte ultime de sa malheureuse enfant. Une fois, elle avait préparé le breuvage mortel ; il était posé sur la table devant elle au moment où j'entrai ; elle n'en nia pas la nature, n'essaya pas de se justifier ; elle me supplia seulement de ne pas la détester et d'apaiser par ma gentillesse ses derniers instants.

« Je ne puis continuer à vivre ! », lança-t-elle pour toute explication, pour toute excuse ; ce fut dit dans un tel désarroi qu'il semblait qu'on aurait eu tort d'essayer de la persuader de prolonger sa douleur. Mon comportement ne fut pas celui d'un jeune garçon ; j'en suis surpris ; je ne lui fis qu'une seule requête à laquelle elle accéda sur-le-champ, la priant de m'accompagner jusqu'à ce Belvédère. Le coucher du soleil était glorieux ; la beauté et l'esprit d'amour soufflaient dans le vent et planaient au-dessus des teintes douces du paysage. « Regardez, Ellen, m'écriai-je, ne serait-ce que pour cette beauté de la nature, cela vaudrait la peine de vivre ! ».

« Certes, si seulement un sentiment caché ne ternissait ce paysage éblouissant de ses ombres ténébreuses. La Beauté est telle que nous la voyons : à mes yeux, tout paraît déformé et mauvais ». En prononçant ces paroles, elle ferma les yeux; mais, comme elle était jeune et sensible, la douce brise qui la visitait commençait déjà à apporter son réconfort. « Très chère Ellen, poursuivis-je, que ne vous dois-je pas ? Je suis votre fils, votre élève; j'aurais pu continuer comme les autres dans l'aveuglement, mais vous m'avez ouvert les yeux; vous m'avez donné le sens de ce qui est juste, du bien et du beau, et ne l'auriez-vous fait que pour mon malheur ? Si vous me quittez, qu'en adviendra-t-il de moi ? » Ces dernières paroles me venaient du cœur, et les larmes ruisselaient de mes yeux. « Ellen, ne me quittez pas, dis-je, je ne puis vivre sans vous, et je ne puis mourir, car j'ai une mère... un père. » Elle se retourna précipitamment en disant: « Et vous avez lieu d'être heureux ». Sa voix me frappa comme n'étant pas naturelle; au fur et à mesure qu'elle parlait, elle devenait mortellement pâle et fut obligée de s'asseoir. Je continuai de m'accrocher à elle, de prier, de crier, jusqu'à ce qu'elle éclatât en violents sanglots, elle, que je n'avais jamais vue verser une larme. Après quoi, elle parut oublier sa résolution. Nous rentrâmes sous la clarté de la lune et notre conversation fut même plus calme et plus gaie que d'habitude. Quand nous fûmes chez elle, je jetai le breuvage mortel. Son « bonsoir » ne comportait aucune trace de sa récente agitation, et le lendemain, elle déclara : « Inconsidérément, et même cruellement, je me suis imposé un nouveau devoir, alors même que je les avais tous reniés, mais celui-ci, je le respecterai. Pardonnez-moi de vous faire connaître des sentiments et des scènes si dures ; je me comporterai mieux ; je resterai en vie, si je le peux, jusqu'à ce que le lien qui nous unit soit distendu ou brisé, et à nouveau je serai libre. »

Au cours de notre relation, un seul petit incident survint qui parut la relier au monde. J'apportais parfois un journal, car nous vivions des temps troublés ; et bien qu'avant notre rencontre elle eût tout oublié du monde sauf ce qu'elle gardait dans son cœur, pour me faire plaisir, elle me parlait cependant de Napoléon, de la Russie d'où l'empereur maintenant revenait battu, et de la perspective de sa défaite finale. Un jour le journal était posé sur la table ; certains mots attirèrent son regard ; elle se pencha, désireuse de les lire, et son cœur fut en proie à une violente agitation ; mais elle se calma, et après quelques instants, me demanda d'emporter le journal. Alors, en vérité, j'éprouvai un sentiment de curiosité mal placée ; je ne découvris rien qui pût le satisfaire, bien qu'après coup je prisse conscience que le journal contenait une singulière annonce qui disait: « Tout passager qui lirait ces lignes et qui aurait été à bord du *Sainte Marie*, faisant voile pour Liverpool en provenance des Barbades, le 3 mai dernier, et qui fut détruit en haute mer par un incendie (une partie seulement de l'équipage ayant été sauvée par la frégate de sa Majesté, le *Bellerophon*), est invité à prendre contact avec l'annonceur; quiconque aurait des détails sur le sort et la résidence actuelle de Miss Eversham, est instamment prié de les faire connaître en s'adressant à L. E., Stratton Street, Park Lane. »

Ce fut après cet incident, comme l'hiver s'annonçait, que des symptômes évidents de mauvaise santé se manifestèrent dans la constitution fragile de ma pauvre Ellen. J'avais souvent soupçonné que, sans vraiment attenter à sa vie, elle avait tout fait pour l'abréger et pour provoquer une maladie mortelle. Maintenant qu'elle était vraiment malade, elle refusait tous soins médicaux; mais elle alla mieux à nouveau et je la trouvai presque en bonne forme quand je la vis pour la dernière fois avant de rentrer chez moi pour les vacances de Noël. Elle eut un comportement très affectueux : elle comptait, dit-elle, sur la poursuite de l'amitié que je lui portais ; elle me fit promettre de ne jamais l'oublier, bien qu'elle refusât de m'écrire, et m'interdît de le faire.

Je la revois encore maintenant, debout sur l'humble seuil de sa maison. Si un air de maladie et de souffrance peut être qualifié de beau, c'était bien le cas. D'ailleurs, il fallait la voir comme un reflet de la beauté. Comment avait-elle dû être, en des jours plus heureux, avec son visage à l'expression angélique, sa silhouette de nymphe, sa voix aux accents musicaux ? « Si jeune… et si perdue ! », tel était le sentiment, alors que je n'étais qu'un jeune garçon, qui me vint soudain tandis que j'agitais la main en signe de dernier adieu. Elle ne semblait guère avoir plus de quinze ans, mais nul ne pouvait ignorer que son âme était marquée par les tristes sillons que le chagrin creusait continuellement sur son beau front. Lorsque j'étais loin d'elle, je voyais sa silhouette danser constamment devant mes yeux et si je les cachais derrière mes mains, elle était toujours là : mes rêves éveillés et mes rêves nocturnes étaient pleins de son souvenir.

Par une belle et douce journée, au cours des vacances d'hiver, j'allai à la chasse : je tombai et me cassai la jambe ; vous vous rappelez, ma chère Juliette, cette fâcheuse histoire. La seule personne qui me vit tomber fut un jeune homme qui montait l'un des plus beaux chevaux que j'eusse jamais vus et je crois que c'est en le regardant faire un saut que cet accident m'arriva : il descendit de sa monture et fut à mes côtés en un instant. Mon cheval s'était enfui ; il appela le sien qui obéit à sa voix ; il souleva avec aisance mon corps léger pour le placer sur la selle, s'arrangea pour soutenir ma jambe et me conduisit ainsi sur une petite distance jusqu'à un pavillon situé dans les recoins boisés d'Elmore Park, la demeure du Comte de D. dont mon sauveur était le second fils. Pendant un jour ou deux, il fut mon seul garde-malade et le temps que dura mon mal, il passa chaque jour de nombreuses heures à mon chevet. Alors que j'étais allongé et le regardais me faisant la lecture ou la conversation, me racontant mille aventures étranges qui lui étaient arrivées au cours de son service dans la Péninsule, je me disais : est-ce à jamais mon destin de tomber sur des gens extrêmement doués et particulièrement malheureux ?

Le voisin immédiat de la famille de Lewis était Lord Eversham. Marié de bonne heure, il devint veuf très jeune. À la suite de ce malheur, qui eut sur ses projets et ses biens une influence néfaste, rendant stérile et vide un avenir heureux, il confia sa fille encore bébé aux soins de la mère de Lewis et voyagea pendant de nombreuses années dans des pays lointains. Il revint quand Clarice eut une dizaine d'années ; c'était une charmante enfant qui faisait l'orgueil et les délices de tous ceux qui l'approchaient. Lord Eversham, à son retour – il n'avait alors guère plus de trente ans –, se consacra à son éducation. On ne les voyait jamais l'un sans l'autre : il connaissait la musique et, sous sa direction, elle devint une bonne musicienne. Ils allaient à cheval, marchaient, lisaient ensemble. Quand un père est tout ce qu'on en attend et que se trouvent réunis les sentiments de piété filiale, d'entière dépendance et de parfaite confiance, l'amour d'une fille est l'une des passions les plus profondes et les plus fortes, les plus pures aussi dont notre nature soit capable. Clarice adorait son père qui venait embellir, dans cette période de transition entre l'enfance et le moment où s'éveillent la réflexion et l'observation, une existence banale, lui offrant le complément éblouissant qu'apporte une affection sincère et éclairée. Il lui apparut comme un don particulier de la Providence, comme un ange gardien, comme un être bien plus précieux encore, car il était proche de sa nature. Elle grandit, sous ses yeux, en beauté et en raffinement, tant de l'intelligence que du cœur. Ces sentiments n'étaient pas en désaccord avec l'engagement pris avec Lewis, et s'en trouvèrent presque renforcés : Lewis devait partir à l'armée et, après quelques années de service, ils s'uniraient.

Quand tout est beau et tranquille, quand le monde qui s'offre au regard fervent de la jeunesse ressemble à un domaine bien tenu où nulle entrave, nul obstacle ne viennent nuire au jeune promeneur, il est dur de s'aventurer volontairement vers des régions sauvages et désertes ou dans des contrées visitées par la tempête. Lewis Elmore fut envoyé en Espagne ; et, au même moment, Lord Eversham se vit dans l'obligation de se rendre dans les propriétés qu'il possédait aux Barbades. Il ne regrettait pas d'avoir à revisiter des lieux restés dans sa mémoire comme un paradis terrestre, ni de montrer à sa fille un monde étrange et nouveau qui formerait son intelligence et enrichirait son esprit. Ils devaient revenir trois mois plus tard et partirent comme pour de courtes vacances. Clarice était heureuse de ne pas avoir à rester oisive pendant que son amant acquérait, dans un pays lointain, expérience et savoir ; elle était contente de pouvoir trouver un dérivatif à son anxiété pendant le temps de cette absence où il courrait des dangers ; et elle se réjouissait de mille façons à l'idée de voyager avec son père chéri qui ferait de chaque heure et de chaque lieu nouveau un plaisir et un ravissement. Ils prirent le bateau. Clarice écrivit de Madère, en des termes enthousiastes, pleins de joie et d'enchantement ; mais, sans son père, disait-elle, ce beau décor aurait été vide. Plus de la moitié de la lettre était consacrée à l'expression de sa gratitude et de son affection envers un père adoré et révéré. Tandis que lui, dans sa lettre, avec moins de mots peut-être, mais non pas moins d'énergie, parlait de sa satisfaction à la voir progresser, de sa fierté à la vue de sa beauté et de son sentiment de reconnaissance pour l'amour et la gentillesse qu'elle lui manifestait.

C'est ainsi qu'ils étaient un exemple incomparable de bonheur, dans l'une des relations les plus fortes de la vie, tel qu'il résulte de l'exercice de leurs devoirs réciproques et de leur attachement mutuel. Un père et sa fille, l'un toute prévenance, amabilité et sympathie, consacrant sa vie au bonheur de sa fille ; l'autre, affectueuse, dévouée, reconnaissante : c'est ainsi qu'ils avaient été... et où étaient-ils maintenant, ce père noble, généreux et respecté, et cette fille aimée et aimante ? Ils avaient quitté l'Angleterre comme pour un voyage d'agrément le long d'un cours d'eau ; mais le char impitoyable du destin les avait rattrapés dans leur course insouciante, les écrasant sous ses lourdes roues faisant voler en éclats leur amour, leur espoir et leur joie, comme l'avalanche mugissante qui emporte le ruisseau dans la vallée et le réduit à quelques embruns. Ils étaient partis, mais où ? Le mystère pesait sur le destin de cette très malheureuse victime ; et le désir de mon ami était de percer les nuages qui cachaient la pauvre Clarice à sa vue.

Après une absence de quelques mois, ils avaient écrit, annonçant leur départ sur le *Sainte Marie* qui devait quitter les Barbades quelques jours plus tard. Au même moment, Lewis revenait d'Espagne il avait été atteint, dès le tout premier combat, d'une mauvaise blessure au côté. Il arriva et s'attendait chaque jour à apprendre le débarquement de ses amis, lorsque leur messager commun, le journal, apporta des nouvelles qui lui procurèrent plus que de l'angoisse : de la peur et un doute atroce. Le *Sainte Marie* avait pris feu et avait brûlé en pleine mer. Une frégate, le *Bellerophon*, avait sauvé une partie de l'équipage. En dépit de sa maladie et des recommandations du médecin, Lewis se rendit le jour même à Londres pour s'assurer, le plus rapidement possible, du sort de celle qu'il aimait. Là, il apprit que la frégate était attendue dans les Downs. Sans même descendre de sa voiture, il courut la poste et arriva brûlant de fièvre. Il monta à bord, vit le capitaine et parla avec les hommes d'équipage. Ils ne pouvaient donner que peu de détails sur ceux qu'ils avaient sauvés ; ils avaient mouillé à Liverpool et y avaient laissé la plupart des voyageurs, y compris tous les passagers rescapés du *Sainte Marie*. La souffrance physique immobilisa un temps M. Elmore ; il fut confiné à la chambre en raison de sa blessure et de la fièvre qu'elle provoquait et, dès qu'il alla mieux, il consacra tous ses efforts à découvrir le sort de ses amis ; ils ne réapparurent pas et n'écrivirent pas ; et toutes les recherches de Lewis ne firent que confirmer ses pires appréhensions ; il garda cependant espoir et, infatigable, il poursuivit ses investigations. Il se rendit à Liverpool et en Irlande où étaient allés certains passagers, et n'obtint sur cette terrible tragédie que des détails épars, incongrus qui ne lui apprirent rien de la résidence actuelle de Miss Eversham, mais il en entendit suffisamment pour que se confirmât l'impression qu'il avait qu'elle était toujours en vie.

Le feu à bord du *Sainte Marie* faisait rage depuis longtemps, de façon effrayante, quand le *Bellerophon* apparut et les canots furent sortis pour sauver l'équipage. Les femmes devaient être embarquées les premières ; mais Clarice s'accrocha à son père et refusa de partir tant qu'il ne l'accompagnerait pas. L'affreux pressentiment qu'il resterait, et mourrait alors qu'elle serait sauvée, donna une telle énergie à sa détermination que ni les prières de son père ni les vives remontrances du capitaine ne purent l'ébranler. Au bout de deux ou trois mois, Lewis rencontra cet homme qui jeta la lumière sur cette sombre scène. Celui-ci se souvenait bien lui avoir dit, exaspéré par son obstination : « Vous allez provoquer la mort de votre père et serez parricide ; c'est comme si vous mettiez du poison dans sa tasse ; vous n'êtes pas la première qui tue son père d'un acte délibéré. » Cependant, Clarice refusa vivement de partir – il n'y avait plus assez de temps pour se livrer à de longs pourparlers –, elle eut gain de cause et, pâle mais ferme, elle resta auprès de son père qui l'entourait de son bras, la soutenant pendant ce moment terrible. Il n'était plus temps de mener une action en règle et de donner calmement des ordres. Une tempête se levait ; les vagues brûlantes s'abattaient de toutes parts transformant l'obscurité où tout se trouvait plongé, à l'exception du bateau en flammes, en une effrayante clarté. Les canots revenaient difficilement et un seul réussit à approcher ; il était presque plein ; Lord Eversham et sa fille s'avancèrent jusqu'au bord du pont pour y descendre. « Nous ne pouvons prendre que l'un des deux, hurlèrent les marins ; sur votre vie, tenez bon ! Envoyez-nous la jeune fille, nous reviendrons vous chercher si nous le pouvons. » Lord Eversham poussa avec force vers le canot sa fille qui avait alors perdu tout contrôle d'elle-même ; elle reprit ses sens au bout d'une minute ; elle appela son père, lui tendit les bras, et se serait jetée dans la mer, si les marins ne l'avaient retenue. Pendant ce temps, Lord Eversham, sentant qu'aucun canot ne pourrait s'approcher à nouveau du bateau en perdition, parvint à lancer un espar par-dessus bord se jeta dans l'eau et s'y agrippa. Le canot, ballotté par les vagues immenses, arriva non sans difficulté jusqu'à la frégate ; et tandis qu'il se soulevait du creux de la vague, Clarice vit son père lutter avec son destin, se battre contre la mort qui sortit victorieuse du combat ; l'espar flotta, les bras avaient lâché prise ; étaient-ce bien les traits blafards de son père qu'elle voyait ? Elle ne pleura pas ni ne s'évanouit, mais ses membres se raidirent, son visage devint exsangue et elle fut hissée comme un morceau de bois jusqu'au pont de la frégate.

Le capitaine reconnut que pendant le voyage du retour, on l'avait vraiment prise en horreur puisqu'elle avait provoqué la mort de son père ; ses serviteurs avaient péri, et peu de gens se rappelaient qui elle était ; ils bavardaient sans précaution devant elle, et elle avait dû cent fois s'entendre accusée d'avoir tué son père. Elle ne parlait à personne, et ne répondait que brièvement quand on s'adressait à elle ; elle venait à table et mangeait autant qu'elle le pouvait, pour éviter les remontrances désagréables de la part de ceux qui la côtoyaient ; mais son visage était empreint d'une tristesse qui ne se dissipait plus. Quand ils débarquèrent à Liverpool, le capitaine la conduisit à un hôtel ; il la quitta avec l'intention de revenir, mais une occasion de prendre la mer pour les Downs se présenta cette nuit-là et il la saisit sans la revoir. Il savait certes, dit-il, qu'elle était dans son pays natal et qu'il lui suffisait d'écrire une lettre pour réunir autour d'elle une foule d'amis ; et où peut-on trouver plus de civilité que dans un hôtel anglais, à condition que le propriétaire sache que l'on est parfaitement en mesure de payer la note ?

Ce fut tout ce que M. Elmore put apprendre et il lui fallut plusieurs mois pour réunir ces quelques renseignements. Il se rendit à l'hôtel de Liverpool. Il apparut que Lord Eversham, dès qu'il y eut quelque espoir de sauvetage, avait confié à sa fille son portefeuille contenant des billets sur une banque de Liverpool pour un montant de quelques centaines de livres. Le lendemain de l'arrivée de Clarice, elle avait demandé à voir l'hôtelier et les lui avait montrés. Il obtint pour elle l'argent correspondant et le lendemain, elle quittait Liverpool à bord d'un petit bateau côtier. Lewis essaya en vain de la retrouver. Elle avait apparemment fait la traversée pour l'Irlande ; mais dans tout ce qu'elle avait fait et partout où elle était allée, elle avait pris une peine infinie à se cacher, et tout indice se perdait rapidement.

Lewis n'avait pas encore désespéré de la retrouver ; il faisait même constamment des voyages, envoyait des émissaires, ayant recours à tous les moyens possibles pour la découvrir. Dès l'instant où il commença à me raconter cette histoire, nous ne parlâmes de rien d'autre. J'y pris un très grand intérêt et nous discutâmes sans cesse des chances de la retrouver et de l'endroit où elle pouvait bien être cachée. Il était évident, du fait qu'elle était entrée en possession de l'argent, qu'elle ne songeait pas à se suicider ; cependant, peu habituée au monde, jeune, belle et inexpérimentée comme elle l'était, quels projets pouvait-elle avoir ? Quel avait bien pu être son sort ?

Pendant ce temps-là, à cause de ma fracture, j'étais resté immobilisé près de trois mois ; avant la fin de ce laps de temps, j'avais commencé à me traîner avec peine, et me considérais alors comme presque guéri. Il avait été décidé que je ne retournerais pas à Eton, mais que j'entrerais à Oxford ; et ce saut qui me faisait passer de l'adolescence à l'état d'homme me réjouissait considérablement. Je continuai cependant à penser à ma pauvre Ellen, et j'étais fâché de son silence obstiné. Une ou deux fois, désobéissant à ses ordres, je lui avais écrit, lui faisant part de mon accident et des aimables attentions de M. Elmore. Elle ne répondit toujours pas, et je commençai à craindre que sa maladie eût connu un aboutissement fatal. Elle m'avait fait promettre si solennellement de ne jamais mentionner son nom, de ne jamais m'enquérir d'elle pendant mon absence que, considérant l'obéissance comme le premier devoir d'un jeune homme inexpérimenté envers quelqu'un de plus âgé, je résistais à toutes les incitations de mon affection et redoutais de transgresser ses ordres.

Puis le printemps arriva avec sa profusion de bourgeons qui éclosent, de fleurs odoriférantes et de douces journées ensoleillées. Je retournai chez moi et trouvai ma famille à la veille d'un départ pour Londres ; mon long confinement m'avait affaibli ; on estima qu'il était peu raisonnable pour moi d'affronter l'air malsain et les fatigues de la capitale et je restai à la campagne. Je montais à cheval, chassais et pensais à Ellen, regrettant l'intérêt de sa conversation et ressentant un vide dans un cœur qu'elle avait su combler. Je commençai à envisager d'aller la voir en traversant à cheval la campagne, de Shropshire à Berks. Ce paysage hantait mon imagination : les champs autour d'Eton, la Tamise argentée, la forêt majestueuse, cet endroit charmant de Virginia Water, la lande et sa chaumière isolée, elle enfin, pâle, légèrement voûtée tant sa santé était faible, et sortant de ses sombres réflexions pour m'accorder un aimable sourire de bienvenue. Mon cœur était animé du vif désir de la voir, de la réconforter de mon mieux en lui prodiguant d'affectueuses attentions, de l'écouter et d'être suspendu aux accents de son désespoir inconsolable tel l'harmonie céleste. Comme je songeais à tout cela, une voix semblait me répéter sans cesse : « Vas-y maintenant, ou ce sera trop tard », tandis qu'une autre, plus lugubre encore, répondait « Tu ne la verras plus jamais ».

J'étais absorbé par ces pensées, quand m'attardant dans le petit bois, une nuit d'été, sous la clarté de la lune, incapable de quitter un lieu d'une beauté aussi exaltante, je sursautai en m'entendant appeler par M. Elmore. Il était en route vers la Côte ; il avait reçu une lettre d'Irlande, qui lui laissait à penser que Miss Eversham résidait près de Enniscorthy : le choix était étrange, mais comme son but, de toute évidence, était de se cacher, l'endroit n'était pas improbable. Il n'avait cependant pas de bien grands espoirs ; il accomplissait ce voyage, au contraire, plus résolu à ne rien laisser de côté que dans l'attente d'un résultat heureux. Il me demanda si je voulais l'accompagner ; j'étais ravi de son offre, et nous partîmes le lendemain matin.

Nous arrivâmes à Milford Haven, où nous devions entreprendre notre traversée. Le bateau partait de bonne heure le lendemain matin ; nous nous promenâmes sur la plage et trompâmes le temps en bavardant. Je n'avais jamais parlé d'Ellen à Lewis ; j'eus alors fortement envie de me parjurer et de raconter toute mon aventure avec elle ; mais je me retins, et nous ne parlâmes que de la malheureuse Clarice, du désespoir qui devait avoir été le sien, de son remords et de ses vains regrets.

Nous nous retirâmes pour la nuit ; et tôt le matin, je dus me préparer pour le départ. Je m'apprêtai, et frappai à la porte de Lewis ; il me fit entrer, car il était habillé, bien qu'il n'eût pas fini de mettre dans ses bagages un certain nombre d'affaires encore éparpillées dans la pièce. Une miniature, dans un étui en cuir marocain, était posée sur sa table ; je la pris en mains. « Ne vous l'ai-je jamais montrée, dit Elmore, pauvre chère Clarice ! Elle était très heureuse au moment où ce portrait fut peint ! »

Je l'ouvris ; de riches boucles abondantes entouraient son front et sa gorge blanche comme neige ; sa silhouette était comme un léger zéphyr et ses traits empreints d'un bonheur immense et sans mélange ; mais, à la vue de ces grands yeux de colombe, de l'innocence qui s'attardait sur sa bouche, je ne pus me méprendre et le nom d'Ellen Burnet jaillit de mes lèvres.

Il n'y avait aucun doute : comment même avais-je pu hésiter ? La chose était si claire ! Qui, si ce n'est celle qui avait survécu à son père, et responsable apparemment de sa mort, pouvait être aussi malheureuse qu'Ellen ? Un flot d'explications s'ensuivit et mille détails précis, jusque-là oubliés, attestèrent alors que ma triste ermite n'était autre que la jeune fille qu'Elmore aimait. Plus de voyage en mer, pas une seconde à perdre, notre voiture, dont les chevaux furent lancés vers l'est, roula à la vitesse de l'éclair, mais allait encore trop lentement pour répondre à notre impatience. Ce ne fut qu'à l'arrivée à Worcester que se calma la montée de notre espoir, tendu dans une seule et même direction. Soudain, alors même que je racontais une anecdote à Elmore afin de lui prouver que la jeune fille serait malgré tout accessible à la consolation, je me souvins de sa mauvaise santé et de mes craintes. Lewis s'aperçut de mon changement d'expression ; pendant un instant, je ne pus maîtriser ma voix ; et quand enfin, je pus parler, mes sombres appréhensions passèrent comme une décharge électrique dans l'âme de mon ami.

Quand nous arrivâmes à Oxford, nous fîmes halte pendant une heure ou deux, incapables de poursuivre notre route ; nous n'abordâmes cependant pas le sujet si cher à nos cœurs et n'échangeâmes pas le moindre mot jusqu'à ce que nous fussions en vue de Windsor ; alors, Elmore dit : « Demain matin, mon cher Neville, vous rendrez visite à Clarice ; il ne faut pas que nous soyons trop empressés. »

Le lendemain arriva. Je me levai avec un poids terrible sur la poitrine, véritable apanage du chagrin. La journée était ensoleillée ; l'atmosphère cependant me parut sombre ; au plus profond de moi, mon cœur expirait. Nous nous assîmes à la table du petit-déjeuner, mais aucun de nous deux ne mangea, et après avoir manifesté quelque hésitation et quelque inquiétude, nous quittâmes l'auberge et nous rendîmes à pied, pour passer le temps, à Bishopsgate. Notre conversation démentait nos sentiments : nous parlions comme si nous nous attendions à ce que tout se passât bien ; mais nous sentions qu'il n'y avait aucun espoir. Nous traversâmes la lande, en prenant le chemin habituel. D'un côté s'étendait la riche frondaison de la forêt, de l'autre la vaste lande ; sa chaumière était située à l'extrémité et nous ne pouvions l'apercevoir tant que nous n'en étions pas tout proche. Quand nous fûmes à peu de distance, Lewis me pria d'y aller seul ; il attendrait mon retour. J'obéis et allai à contrecœur voir la confirmation de mes craintes. Enfin se dressèrent devant moi sa cabane solitaire et le jardin à l'abandon ; la barrière ouverte se balançait dans la brise ; tous les volets étaient clos. Je ne pus que rester immobile, à contempler les signes tangibles de mes pires appréhensions. Il me sembla que mon cœur appelait Ellen d'une voix forte, car elle était Ellen pour moi, son autre nom n'étant peut-être qu'une fiction, mais mes lèvres étaient tout aussi muettes que les siennes, que la vie avait abandonnées. Lewis s'impatienta et s'avança vers la maison. Mon retard avait suscité dans son esprit une brève lueur d'espoir, qui disparut quand il me vit et découvrit la maison déserte. Nous repartîmes lentement et revenions sur nos pas quand une enfant m'appela par mon nom. Une petite fille courut vers nous à travers champs et je la reconnus enfin car je l'avais vue avec Ellen.

– Monsieur Neville, il y a une lettre pour vous, s'écria la fillette.

– Une lettre ? Où ? De qui ?

– La dame a laissé une lettre pour vous. Il faut voir M. Cooke, au Vieux Windsor ; c'est lui qui doit vous la remettre.

Elle avait laissé une lettre : était-elle donc partie en voyage ?

– Je vais immédiatement la chercher. M. Cooke, le Vieux Windsor ? Où le trouver ? Qui est-il ?

– Oh ! Monsieur, tout le monde le connaît, dit la fillette ; il habite à côté du cimetière ; c'est le sacristain. Après l'enterrement, Nancy lui a donné la lettre à garder.

Avions-nous vraiment espéré ? Avions-nous un seul instant vécu dans l'espoir de revoir notre malheureuse amie ? Jamais, oh, jamais ! Notre cœur nous disait que l'infortunée était en paix, que la pauvre orpheline avait rejoint son père dans la demeure des esprits ! Pourquoi donc étions-nous ici ? Pourquoi un sourire, bientôt transformé en une expression d'angoisse, s'était-il posé sur nos lèvres ? Le cœur plein, nous n'exigions qu'une seule consolation, pleurer sur sa tombe, seul lien maintenant avec nous qui étions ses amis. Là enfin mon chagrin de jeune homme se donna libre cours dans les larmes et les lamentations. Vous avez vu l'endroit ; le monticule herbeux repose doucement sur le cœur de la belle Clarice, de ma pauvre Ellen. Pendant de nombreuses heures, couché sur le tertre et baisant le gazon clairsemé, je n'eus rien à l'esprit si ce n'est la malheureuse pensée qu'elle avait vécu et que je l'avais perdue à jamais !

Si Lewis douta jamais de ce que mon amie et la jeune fille qu'il avait aimée étaient une seule et même personne, la lettre qui nous fut remise le lui confirma ; l'écriture était celle de Miss Eversham ; elle m'était adressée et contenait ces mots :

11 avril

Je m'étais engagée à ne jamais mentionner le nom de certaines personnes aimées, à ne jamais entrer en relation avec des êtres qui autrefois m'avaient chérie et à qui je dois une très profonde reconnaissance dans les limites de ma propre ruine, maintenant, je la leur rends. Peut-être que vous écrire, mon cher Horace, est une manière de biaiser avec eux ; mais que le Ciel me pardonne ! Mon esprit démuni ne connaîtrait pas de repos, je le crains, si je ne leur adressais, même imparfaitement, un dernier adieu.

Vous le connaissez, Neville ; et vous savez qu'il pleure à jamais celle qu'il a perdue. Décrivez-lui la pauvre Ellen et il verra rapidement qu'elle mourut dans les vagues de l'océan meurtrier. Ellen n'avait rien de commun avec elle, si ce n'est qu'elle partageait un même amour et un même intérêt. Dites-lui qu'il eût été bien pour lui, peut-être, de s'unir à l'enfant chéri de la prospérité, né d'un profond amour, mais que c'eût été sa perte, si tant est qu'il eût un tel projet, que d'épouser une parrici…

Je ne puis écrire ce mot. La maladie et l'approche de la mort ont atténué la vigueur de mon désespoir. Mon extrême souffrance, telle que vous l'avez connue, s'est transformée en une douce tristesse et en une pieuse espérance. Maintenant, je ne suis pas malheureuse, Maintenant !... Quand vous lirez ces mots, la main qui les écrit, les yeux qui les voient ne seront que poussière, unis à la terre qui les recouvrira. Avec lui, peut-être, vous rendrez visite à ma calme retraite, vous verserez quelques larmes sur mon destin, mais, qu'elles soient cachées ; elles feront peut-être verdir ma tombe, mais qu'aucun sentiment déplacé ne la pare d'un quelconque tribut. Telle est ma dernière volonté ; qu'aucune pierre, qu'aucun nom ne marque cet endroit.

Adieu, cher Horace ! Adieu à celui que je ne puis nommer. Que Dieu à qui je vais avec confiance et espoir remettre mon âme, bénisse votre vie sur Terre ! Peut-être, dans un moment d'aveuglement, me regretterez-vous ; mais pour moi, soyez reconnaissant à la Providence qui brisa les lourdes chaînes qui me lient à un chagrin indicible, et qui me permet, depuis mon humble tombe couverte d'herbe, de vous dire : je suis en paix.

Ellen

LE RÊVE

« Chi dice mal d'amore
Dice una falsità »

Chanson italienne.

L'époque où se situe cette courte légende dont voici le récit, est celle du début du règne d'Henri IV de France dont l'accession au trône et la conversion apportèrent la paix au royaume, mais ne suffirent pas à panser les plaies profondes que les deux parties adverses s'infligeaient mutuellement. Il existait entre elles, alors qu'elles semblaient unies, des dissensions personnelles et le souvenir de blessures mortelles ; et le plus souvent, après s'être serré la main au cours de salutations en apparence amicales, chacun la portait à la garde de son poignard, plus apte à exprimer leurs sentiments que les mots de courtoisie qu'ils avaient laissés échapper de leurs lèvres. Bon nombre de catholiques, parmi les plus farouches, s'étaient retirés dans leurs lointaines provinces ; et tandis qu'ils cachaient dans leur retraite leur mécontentement et leur rancœur, ils n'en attendaient avec pas moins d'impatience le jour où ils pourraient ouvertement leur donner libre cours.

Dans un grand château fortifié, construit sur une pente abrupte au-dessus de la Loire, non loin de la ville de Nantes, habitait, dernière de sa lignée et héritière de la fortune, la jeune et belle Comtesse de Villeneuve. Elle avait passé l'année précédente dans cette demeure retirée, dans une complète solitude, et le deuil qu'elle avait pris pour son père et ses deux frères, victimes des guerres civiles, était une bonne et noble raison de ne pas paraître à la cour et de ne pas participer à ses festivités. Mais la Comtesse, devenue orpheline, avait hérité d'un nom et de vastes terres ; et il lui fut bientôt signifié par le roi, son tuteur, qu'elle devrait les accorder, avec sa main, à un noble qui pourrait y prétendre par sa naissance et ses talents. En réponse, Constance exprima son intention de prononcer ses vœux et de se retirer dans un couvent. Le Roi s'opposa fermement et résolument à un tel projet, persuadé qu'une pareille idée était due à une sensibilité exacerbée par le chagrin, et comptant sur l'espoir qu'après un certain temps, l'esprit généreux de la jeunesse percerait à travers ces nuages.

Une année s'écoula et la Comtesse persista dans sa résolution ; alors Henri qui ne souhaitait point agir par la contrainte, désireux de juger par lui-même des motifs qui conduisaient une personne si belle, si jeune et si gâtée par la fortune, à vouloir s'enterrer dans un cloître, annonça son intention de se rendre au château, maintenant que la période de deuil était expirée ; et, ajouta le monarque, s'il ne trouvait pas d'arguments suffisants pour la faire changer d'avis, il accorderait son consentement à la réalisation de son projet.

Constance avait connu bien des heures tristes, bien des jours de larmes et des nuits agitées de souffrance. Elle avait fermé sa porte à tout visiteur et comme Lady Olivia dans *La Nuit des Rois*, elle s'était vouée à la solitude et aux pleurs. Maîtresse d'elle-même, elle faisait taire aisément les supplications et les remontrances de ses subordonnés, et entretenait son chagrin comme s'il avait été l'objet de son amour. Mais il était trop vif, trop amer, trop brûlant pour être son hôte privilégié. En fait, Constance, qui était jeune, ardente et pleine de vie, luttait contre lui, se débattait et souhaitait s'en débarrasser. Mais tout ce qui, en soi, était joyeux ou d'aspect agréable ne faisait que le raviver ; et elle supportait d'autant plus patiemment le poids de sa douleur si, quand elle y cédait, elle se sentait opprimée sans être vraiment torturée.

Constance venait de quitter le château pour marcher au hasard sur les terres alentour. Les appartements de sa demeure avaient beau être vastes et élevés, elle se sentait enfermée entre leurs murs et leurs plafonds sculptés. Les collines étendues et le vieux bois, associés pour elle à tous les souvenirs chéris de sa vie passée, l'incitaient à passer des heures et des jours entiers à l'abri de leur frondaison. Les mouvements et les changements perpétuellement à l'œuvre dans les branches quand le vent les agitait ou que le soleil, dans ses déplacements, les inondait de ses rayons, l'apaisaient et l'arrachaient à cette douleur sourde qui, sous le toit de son château, lui étreignait si cruellement le cœur.

Il était un endroit, à la lisière du parc boisé, un coin de verdure qui, bien qu'abondamment planté de hauts arbres ombreux, lui laissait voir la campagne s'étendant à perte de vue, un endroit auquel elle avait renoncé, mais où, sans s'en rendre compte cependant, ses pas la dirigeaient toujours et où, maintenant encore, pour la vingtième fois ce jour-là, elle s'était retrouvée à son insu. Elle était assise sur un monticule herbeux et regardait, songeuse, les fleurs qu'elle avait plantées pour décorer le berceau de verdure, ce temple pour elle du souvenir et de l'amour. Elle tenait à la main la lettre du Roi qui avait engendré en elle tant de désespoir. L'abattement marquait ses traits, et son noble cœur interrogeait le destin, lui demandant pourquoi si jeune, si fragile et abandonnée, il lui fallait lutter contre cette nouvelle forme de malheur. « Je ne demande qu'à rester dans le château de mon père, se dit-elle, dans ce lieu familier de mon enfance, afin d'arroser fréquemment de mes larmes la tombe de ceux que j'aimais ; et aussi dans ces bois, où j'avais poursuivi un rêve fou de bonheur, afin d'y célébrer à jamais les obsèques de l'Espoir ! »

Un bruissement dans les branches parvint alors à ses oreilles : son cœur battit de plus belle, puis, tout redevint tranquille. « Folle, marmonna-t-elle, dupe de ton imagination passionnée ! C'est parce qu'ici nous nous rencontrions ; parce qu'installée ici, j'attendais sa venue que des bruits semblables annonçaient ; et maintenant, le lapin qui bouge, l'oiseau qui anime le silence me parlent de lui. Ô Gaspard ! Toi qui jadis fus mien, jamais plus ce lieu adoré ne sera égayé par ta présence, jamais plus ! »

À nouveau les fourrés furent agités et des bruits de pas retentirent dans les halliers. Elle se leva ; son cœur se mit à battre très fort ; ce devait être cette sotte de Manon avec son inconvenante prière qu'elle s'en retournât. Mais les pas étaient plus fermes et plus lents que ceux de la suivante ; elle ne discerna que trop bien l'intrus qui émergeait de la pénombre. Son premier mouvement fut de s'enfuir : mais, le revoir une fois de plus, entendre sa voix et rester avec lui une fois encore avant d'interposer entre eux des vœux éternels, découvrir que l'immense abîme creusé par l'absence était refermé, cela ne pouvait offenser les morts et atténuerait la douleur funeste qui rendait ses joues si pâles.

Et voilà qu'il était devant elle, cet être aimé avec lequel elle avait échangé des vœux de fidélité. Comme elle, il paraissait triste, et elle ne put résister au regard implorant qui la suppliait de rester un instant.

– Je viens à vous, Madame, dit le jeune chevalier, sans le moindre espoir de fléchir votre volonté inébranlable. Je viens vous voir une dernière fois et vous faire mes adieux avant mon départ pour la Terre Sainte. Je viens vous supplier de ne pas vous enfermer dans un sombre cloître pour échapper à l'être haïssable que je suis, à quelqu'un que vous ne reverrez plus. Que je meure ou que je continue de vivre, je serai à jamais loin de France !

– Ce serait terrible si cela était vrai, dit Constance, mais le Roi Henri ne voudra jamais perdre ainsi son chevalier préféré. Ce trône que vous avez aidé à ériger, vous continuerez à le défendre. Non, si jamais j'eus quelque pouvoir sur tes pensées, non, ne va pas en Palestine.

– Un seul mot de vous pourrait me retenir, Constance, un seul sourire !

Le jeune amant s'agenouilla devant elle ; mais cette image, autrefois si chère et si familière et qui maintenant lui paraissait étrangère et défendue, la rappela à son dur dessein.

– Ne vous attardez pas plus longtemps, s'écria-t-elle. Pas un sourire, pas un seul mot de moi ne vous sera plus jamais accordé. Pourquoi vous trouvez-vous ici, en ce lieu où errent les esprits des morts qui revendiquent pour eux les ténèbres de ces lieux et maudissent l'hypocrite que je suis, moi qui tolère que leur meurtrier trouble leur repos sacré ?

– Au jeune temps de nos amours, quand vous étiez aimable avec moi, répondit le chevalier, vous m'aviez appris à suivre les dédales de ces bois, vous m'aviez accueilli dans ce lieu aimé où, un jour, sous ces mêmes arbres séculaires, vous fîtes le vœu d'être à moi.

– Ce fut un affreux péché, reprit Constance, que d'avoir ouvert les portes de mon père au fils de son ennemi, et me voilà durement punie !

Le jeune chevalier reprit courage en l'entendant parler ; cependant, il n'osa pas bouger, de peur que, prête à prendre la fuite à chaque instant, elle ne quittât son calme momentané ; mais lentement, il répondit :

– C'étaient des jours heureux, Constance, pleins de terreur et de joie profonde, lorsque le soir me conduisait à vos pieds ; et tandis que l'atmosphère du château austère qui s'élève là-bas n'était que haine et que vengeance, ce berceau de verdure, éclairé par les étoiles, était l'autel de notre amour.

– Des jours heureux ? reprit Constance, des jours funestes où je m'imaginais que faillir à mon devoir pouvait entraîner le bien et que Dieu récompenserait ma désobéissance. Gaspard ! Ne parlez point d'amour. Une mer de sang nous sépare à jamais ! Ne m'approchez point ! Les morts et les êtres aimés se dressent encore maintenant entre nous : leurs ombres pâles m'avertissent de ma faute et me menacent, car je prête l'oreille à leur meurtrier.

– Je n'en suis pas un ! s'exclama le jeune homme. Regardez, Constance, nous sommes chacun le dernier de notre race. La mort nous a cruellement traités et nous sommes seuls. Il n'en était pas ainsi au début de notre amour, lorsqu'un parent, un frère, que dis-je, ma propre mère lançaient des malédictions sur la maison de Villeneuve, et qu'en dépit de tous, je la bénissais. Je te voyais, mon aimée, et la bénissais. Le Dieu de paix sema l'amour dans nos cœurs, et dans le plus grand des mystères, pendant de nombreuses nuits d'été, nous nous rencontrâmes secrètement dans ces vallons éclairés par la lune ; et lorsqu'apparaissait la clarté du jour, nous nous sauvions vers ce doux recoin pour échapper à sa vigilance, et c'est ici, ici même, où maintenant je te supplie à genoux, que nous nous agenouillâmes tous deux pour échanger nos vœux. Faut-il qu'ils soient brisés ?

Constance pleurait comme son amant évoquait les images des jours heureux.

– Non, jamais, s'exclama-t-elle, jamais ! Tu connais, ou tu connaîtras bientôt, Gaspard, la foi et les résolutions de celle qui n'ose être à toi. Avions-nous bien le droit de parler d'amour et de bonheur lorsque la guerre, la haine et le sang faisaient des ravages de toutes parts ? Les fleurs éphémères que nous répandions de nos jeunes mains furent piétinées dans un affrontement mortel entre ennemis acharnés. Par la main de votre père, le mien périt et peu importe si, comme mon frère le déclara et comme vous le niez, c'est vraiment de votre main que fut porté le coup fatal. Vous étiez au nombre de ceux qui se battaient et qui le firent succomber. N'en dites pas davantage, pas un mot de plus : vous écouter est un acte impie envers les morts privés de repos. Allez, Gaspard, oubliez-moi. Sous le galant et chevaleresque Roi Henri, votre carrière peut être pleine de gloire ; et il y aura une belle jeune fille pour répondre à vos vœux, comme je le fis jadis, et qui sera heureuse. Adieu ! Que la Vierge vous protège ! Dans la cellule de mon couvent, je n'oublierai pas la plus belle des leçons chrétiennes : celle de prier pour nos ennemis. Adieu, Gaspard !

Elle s'éloigna rapidement du berceau de verdure ; à pas hâtifs, elle longea la clairière et regagna le château. Une fois recluse dans ses appartements, elle donna libre cours à l'explosion de chagrin qui, comme une tempête, déchirait son noble cœur ; car elle éprouvait la pire des douleurs, celle qui s'empare des joies passées et qui, accompagnant de remords le souvenir du bonheur, lie l'amour et l'idée de sa culpabilité dans une relation aussi terrible que celle qu'instaurait le tyran qui attachait un cadavre à un être vivant. Une pensée s'imposa soudain à son esprit. Dans un premier temps, elle la rejeta comme puérile et superstitieuse ; mais rien ne pouvait la repousser. Elle appela vite sa suivante :

– Manon, dit-elle, t'es-tu déjà allongée sur la couche de Sainte Catherine ?

Manon se signa.

– Que le Ciel m'en préserve ! Depuis ma naissance, il n'y a que deux personnes qui l'aient jamais fait : l'une est tombée dans la Loire et s'est noyée ; l'autre s'est contentée de jeter un coup d'œil sur la couche étroite, et elle est retournée chez elle sans mot dire. C'est un endroit terrible ; et si celle qui se voue à Sainte Catherine n'a pas mené une vie bonne et pieuse, malheur à l'instant où elle posera la tête sur la pierre sacrée !

Constance à son tour se signa.

– Pour ce qui est de notre vie, seuls notre Seigneur et les saints bénis peuvent en apprécier la vertu. Demain soir, je dormirai sur cette couche !

– Voyons, Madame, demain le Roi arrive.

– Ma décision n'en est que plus nécessaire. Il n'est pas possible qu'un cœur puisse ressentir un mal si intense et qu'il n'y ait point de remède. J'avais espéré être celle qui apporte la paix à nos maisons ; la seule charge pour moi doit-elle être de porter une couronne d'épines ? Le Ciel me conduira. Je m'allongerai demain soir sur la couche de Sainte Catherine ; et si, comme je l'ai entendu dire, la sainte daigne diriger ses dévotes dans leurs rêves, je me laisserai guider et, persuadée que j'agis selon la volonté du Ciel, je me résignerai même au pire.

Le Roi, venant de Paris, était en route pour Nantes et passa la nuit dans un château à quelques kilomètres de là. Avant l'aube, un jeune chevalier fut introduit auprès de lui dans sa chambre. Il avait un air sérieux et même triste ; et bien qu'il eût de beaux traits et la jambe bien faite, il paraissait épuisé et hagard. Il resta silencieux en présence d'Henri qui, alerte et gai, porta sur son hôte son regard bleu et vif et lui dit aimablement :

– Alors, Gaspard, tu l'as trouvée inflexible ?

– Je l'ai trouvée résolue à faire notre mutuel malheur. Hélas ! Sire, ce n'est pas, croyez-moi, le moindre de mes chagrins si Constance sacrifie son bonheur en détruisant le mien.

– Et crois-tu qu'elle dira non au valeureux chevalier que nous lui présenterons nous-même ?

– Oh ! Sire, écartez cette idée ! Cela ne se peut. Mon cœur vous remercie sincèrement, très sincèrement, pour votre généreuse condescendance. Mais celle que, dans la solitude, la voix de son amant et les prières n'ont pu convaincre, alors même que le souvenir et l'isolement pouvaient contribuer à exercer un charme, saura résister aux ordres de votre Majesté. Elle est décidée à entrer au couvent. Quant à moi, si vous le permettez, je vais maintenant me retirer : je suis désormais un soldat de la Croix.

– Gaspard, dit le monarque, je connais les femmes mieux que toi. Ce n'est ni la résignation ni les plaintes accompagnées de larmes qui l'emporteront auprès d'elle. La mort de ses parents pèse naturellement sur le cœur de la jeune Comtesse ; et tandis que la solitude nourrit ses regrets et ses remords, elle s'imagine que le Ciel lui-même interdit votre union. Que la voix du monde parvienne jusqu'à elle, la voix du pouvoir terrestre et de la bonté, l'une ordonnant, l'autre suppliant, toutes deux trouvant également un écho dans son cœur, et, par ma foi et par la Sainte Croix, elle sera à vous. Poursuivons notre projet. Et maintenant, à cheval : le matin avance, le soleil est levé.

Le Roi arriva au palais de l'évêque et se rendit à la messe dans la cathédrale. Un somptueux repas s'ensuivit et ce ne fut que dans l'après-midi que le monarque traversa la ville qui longeait la Loire pour se rendre à l'endroit où était situé le château de Villeneuve, un peu au-dessus de Nantes. La jeune comtesse l'accueillit à la grille. Henri chercha en vain la joue pâlie par le malheur, l'air d'abattement et de désespoir qu'il s'attendait à voir, selon ce qu'on lui avait indiqué. Elle avait les joues rouges, l'air animé, une voix qui ne tremblait guère. « Elle ne l'aime pas, pensa Henri, ou alors son cœur est déjà consentant ».

On prépara une collation pour le monarque ; et après quelque hésitation devant l'air enjoué de la Comtesse, Henri mentionna le nom de Gaspard. Au lieu de pâlir, Constance rougit et très vite répondit :

– Demain, Sire, je demande un délai, seulement jusqu'à demain ; tout sera alors décidé ; demain, je serai consacrée à Dieu, ou alors…

Elle parut troublée, et le Roi, à la fois surpris et content, répondit :

– Ainsi, vous ne haïssez point le jeune de Vaudemont ; vous lui pardonnez le sang ennemi qui coule dans ses veines.

– On nous enseigne à pardonner, à aimer nos ennemis, répondit la Comtesse, avec une certaine agitation.

– Eh bien ! Par Saint Denis, voici une réponse bien engageante pour une novice, dit le Roi en riant. Hé ! Fidèle serviteur, Apollon travesti ! Viens ici et remercie ta dame pour l'amour qu'elle te porte.

Sous un déguisement qui l'avait dissimulé aux yeux de tous, le chevalier était resté en arrière et avait observé, avec une surprise infinie, le comportement de sa dame et son air tranquille. Il n'entendait pas ses paroles : mais était-ce bien elle qu'il avait vue trembler et pleurer la veille, elle dont le cœur était déchiré par des passions contraires, qui voyait les pâles fantômes de son père et de ses frères se dresser entre elle et l'amant qu'elle adorait plus que sa vie ? C'était là une énigme difficile à résoudre. L'appel du roi répondit à son impatience et il s'avança d'un bond. Il fut à ses pieds, tandis qu'elle, toujours dominée par sa passion, épuisée par le calme même dont elle avait fait preuve, poussa un cri en le reconnaissant et s'effondra à terre, inanimée.

Tout cela était très incompréhensible. Même lorsque ses suivantes l'eurent ranimée, une autre crise survint, suivie de violents torrents de larmes, tandis que le monarque qui, en attendant dans la salle, regardait du coin de l'œil la collation à demi consommée et fredonnait une chanson sur les caprices des femmes, ne savait comment répondre au regard d'amère déception et d'angoisse de Vaudemont. Enfin, la dame d'honneur de la Comtesse vint présenter des excuses : « Madame la Comtesse était malade. Le lendemain, elle se jetterait aux pieds du Roi pour solliciter son pardon et pour révéler ses intentions. »

– Demain, encore demain, jeune demoiselle ! Un charme s'attache-t-il à demain ? demanda le Roi. Pouvez-vous nous dévoiler cette énigme, ma belle ? Quelle étrange histoire appartient à demain pour que tout repose sur son avènement ?

Manon rougit, baissa les yeux et hésita. Mais Henri n'était point un novice dans l'art d'amener les suivantes à révéler les secrets de leur maîtresse. De plus, Manon était effrayée par le projet auquel la Comtesse tenait toujours obstinément ; aussi, était-elle d'autant plus disposée à le trahir. Dormir sur la couche de Sainte Catherine, s'allonger sur cette étroite bande de terre qui surplombait le cours rapide et profond de la Loire et si, comme il était fort improbable, l'infortunée rêveuse échappait à la chute, prendre pour l'injonction du Ciel les visions troublées que pourrait produire un sommeil aussi malaisé, c'était là une folie que même le Roi Henri ne croyait guère possible de la part d'une femme. Mais Constance, dont la beauté était si hautement spirituelle, et dont il avait continuellement entendu louer la force de caractère et les talents, pouvait-elle bien si étrangement perdre la tête ! Et la passion peut-elle, comme la mort qui nivelle la noblesse de l'âme et met sous un même joug nobles et paysans, sages et fous, nous jouer de tels tours ? C'était étrange ; mais Constance devait agir selon sa volonté. Qu'elle hésitât dans sa décision était déjà beaucoup ; et il fallait espérer que Sainte Catherine ne jouerait pas un rôle trop cruel. Sinon, un projet placé sous l'empire du rêve pourrait bien être influencé par d'autres pensées éveillées. Contre le danger matériel, il convenait de mettre en place une protection.

Il n'est de sentiment plus affreux que celui qui envahit le cœur d'un être faible, décidé à satisfaire des pulsions ingouvernables, en contradiction avec les impératifs de sa conscience. On dit que les plaisirs défendus sont les plus agréables. Il peut en être ainsi pour les natures frustes, celles qui aiment lutter et combattre, qui trouvent leur bonheur dans l'affrontement, et leur joie dans le conflit des passions. Mais plus tendre et plus douce était la noble âme de Constance et le combat entre l'amour et le devoir écrasait son pauvre cœur et le torturait. S'en remettre pour sa conduite à l'inspiration de la religion ou de la superstition, si on doit l'appeler par son nom, cela représentait un bienheureux soulagement. Les dangers qui menaçaient son entreprise lui donnaient précisément de l'agrément ; oser quelque chose rien que pour lui, était un vrai bonheur ; la difficulté du chemin qui menait à la réalisation de ses vœux contentait son amour tout en détournant ses pensées du désespoir. Ou encore, s'il était décrété qu'elle devait tout sacrifier, le risque du danger ou de la mort était peu de chose comparé à l'angoisse qui serait alors son lot à tout jamais.

La nuit menaçait d'être orageuse, le vent furieux agitait les fenêtres, et les arbres, semblables à des géants se livrant à une danse fantastique et à une rixe mortelle, secouaient leurs immenses bras ombreux. Constance et Manon, sans autre escorte, quittèrent le château par une porte dérobée et se mirent à dévaler la colline. La lune n'était pas encore levée ; et bien que le chemin leur fût familier à toutes deux, Manon trébuchait et tremblait, tandis que la Comtesse, enveloppée dans sa cape de soie, descendait la pente d'un pas ferme. Elles arrivèrent au bord de la rivière où une barque était amarrée et où un homme les attendait. Constance y monta d'un pied léger puis aida sa compagne apeurée. En quelques instants, elles furent au milieu du courant. Un vent d'équinoxe, vif, chaud, orageux, soufflait sur elles. Pour la première fois depuis son deuil, un frisson de plaisir s'empara du cœur de Constance. Elle accueillit cette émotion avec une joie redoublée. Le Ciel, pensa-t-elle, ne peut m'interdire d'aimer un homme aussi courageux, aussi bon que le noble Gaspard. Je ne pourrai jamais en aimer un autre ; je mourrai si je suis séparée de lui ; et ce cœur, ces membres, si vivants de brûlantes sensations, seraient-ils déjà prématurément voués à la tombe ? Oh non ! La vie parle fort en eux. Je vivrai pour aimer. Toutes les choses n'aiment-elles pas, le vent qui dans un murmure s'adresse à l'eau impétueuse, l'eau qui baise les rives fleuries et se presse de se jeter dans la mer ? Le Ciel et la Terre sont portés par l'amour et vivent par lui. Seule Constance, dont le cœur a toujours été un puits profond, jaillissant, débordant d'affection vraie, serait-elle forcée de couvrir la source d'une pierre pour la condamner à jamais ?

Ces pensées annonçaient des rêves agréables ; et peut-être la Comtesse, versée dans la science de Cupidon, le dieu aveugle, s'y adonna-t-elle d'autant plus volontiers. Et, tandis qu'elle était ainsi accaparée par de douces émotions, Manon la prit par le bras :

– Madame, regardez, s'écria-t-elle, il avance… et pourtant les rames ne font aucun bruit. Que la Vierge nous protège ! Si seulement nous étions chez nous !

Un bateau sombre glissait près d'elles. Quatre rameurs, vêtus de manteaux noirs, tiraient sur des rames qui, comme le disait Manon, ne faisaient aucun bruit ; un autre homme était assis à la barre : comme les rameurs, il était dissimulé sous une sombre cape, mais ne portait pas de chapeau ; et bien que son visage fût tourné de l'autre côté, Constance reconnut son amant. « Gaspard, s'écria-t-elle d'une voix forte, es-tu en vie ? » Mais la silhouette sur le bateau ne tourna pas la tête ni ne répondit, et se perdit bientôt dans les eaux ténébreuses.

Comme se modifia alors la rêverie de la belle Comtesse ! Le Ciel avait déjà commencé à jeter son sort et des formes non terrestres l'entouraient, tandis que ses yeux tentaient de percer l'obscurité. Tantôt elle apercevait la barque qui provoquait sa terreur, tantôt elle la perdait de vue ; tantôt il lui semblait qu'il y en avait une autre qui transportait les esprits des morts ; son père, depuis la rive, lui faisait signe de la main, et ses frères la regardaient sévèrement.

Cependant, la barque était près d'accoster. Elle fut amarrée dans une petite anse et Constance descendit sur la berge. Elle tremblait maintenant et elle était sur le point de céder à la demande de Manon de s'en retourner, quand l'imprudente suivante mentionna le nom du Roi et celui de de Vaudemont et parla de la réponse à donner le lendemain. Quelle réponse apporter si elle revenait sur sa décision ?

Elle se hâta alors d'escalader la pente accidentée de la rive, puis longea la crête jusqu'à une éminence escarpée surplombant le cours d'eau. Une petite chapelle se dressait à proximité. Les doigts tremblants, la Comtesse sortit la clef et ouvrit la porte. Elles entrèrent. Il faisait sombre, sauf à l'endroit où une petite lampe, vacillant dans le vent, éclairait faiblement l'image de Sainte Catherine. Les deux femmes s'agenouillèrent et prièrent; puis la Comtesse se releva et, sur un ton joyeux, souhaita une bonne nuit à sa dame d'honneur. Elle ouvrit une petite porte basse métallique qui donnait sur une étroite grotte. Au-delà, résonnait le grondement de l'eau.

– Tu ne peux me suivre, ma pauvre Manon, dit Constance, et tu n'en as guère envie: cette aventure est pour moi seule.

Ce n'était guère plaisant de laisser seule, dans la chapelle, la servante tremblante qui n'avait pour s'étourdir, ni l'espoir ni la crainte, ni l'amour ni le chagrin; mais, les écuyers et les dames d'honneur jouaient souvent, à cette époque, le même rôle que les subalternes qui, dans l'armée, reçoivent les coups mais ne connaissent jamais la gloire. De plus, Manon était en sécurité sur ce sol consacré. La Comtesse, alors, poursuivit son chemin à tâtons dans le noir, le long d'un étroit passage tortueux. Enfin, ce qui apparut comme une lumière à ses yeux longtemps plongés dans l'obscurité, l'éclaira. Elle parvint à une grotte creusée dans le flanc de la colline escarpée donnant sur le courant impétueux, en contrebas. Elle observa la nuit. Les eaux de la Loire se précipitaient comme elles ne l'avaient jamais fait auparavant, changeantes et pourtant immuables; le ciel était abondamment chargé de nuages et le vent dans les arbres était aussi lugubre et menaçant que s'il avait tournoyé au-dessus de la tombe d'un meurtrier. Constance trembla quelque peu et jeta un regard sur la couche, une étroite bande de terre et une pierre couverte de mousse au bord du précipice. Elle enleva son manteau: c'était une des conditions pour le sort. Baissant la tête, elle dénoua les tresses de ses cheveux noirs elle se déchaussa; et ainsi, tout à fait prête à endurer à l'extrême l'effet glacial de cette froide nuit, elle s'allongea sur la couche étroite qui ne lui permettait guère de repos et d'où, pour peu qu'elle s'agitât dans son sommeil, elle serait précipitée dans les eaux froides qui coulaient au-dessous.

Il lui sembla, au début, qu'elle ne pourrait plus jamais dormir. Rien de très surprenant à ce que son exposition à la bourrasque et sa situation périlleuse ne lui interdissent de fermer les paupières. Elle tomba enfin dans une rêverie si douce et si apaisante qu'elle souhaita même rester éveillée ; puis, progressivement, ses sens s'engourdirent ; elle était maintenant sur le lit de Sainte Catherine, le cours impétueux de la Loire coulant en contrebas, et le vent déchaîné soufflant sur elle... et soudain... vers où allait-elle ?... quels rêves la sainte envoyait-elle, qui la plongeraient dans le désespoir ou l'inviteraient à être heureuse à jamais ?

Au-dessous de la colline accidentée, sur les flots sombres, quelqu'un veillait, éprouvant mille craintes et n'osant espérer. Il avait eu l'intention de précéder la dame dans sa course, mais s'apercevant qu'il avait perdu du temps, dans sa précipitation éperdue, ramant sans bruit, il avait en toute hâte dépassé la barque qui emportait sa chère Constance, et ne s'était pas même retourné au son de sa voix, de peur d'encourir des reproches et de recevoir l'ordre de repartir. Il l'avait vue sortir du passage et frissonner quand elle s'était penchée au-dessus de la falaise. Il la vit s'avancer, vêtue de blanc, et remarqua qu'elle s'allongeait sur le rebord en surplomb. Quelle veille pour les amoureux, elle, s'adonnant à des visions, lui, sachant que l'amour et la conscience qu'il en avait, faisaient frémir son cœur d'une étrange émotion, alors que les sentiments qu'elle lui portait l'avaient conduite sur cette couche périlleuse et qu'elle n'était attentive qu'à la petite voix silencieuse soufflant à son cœur le rêve qui devait décider de leur destinée. Peut-être dormait-elle, mais lui veillait et faisait le guet ; et la nuit s'écoula, tandis qu'il restait assis dans son bateau, tantôt priant, tantôt emporté par l'espoir et par la peur tour à tour, les yeux fixés sur le vêtement blanc de cette femme endormie au-dessus de lui.

Le matin. Était-ce le matin qui se débattait dans les nues ? Le matin arriverait-il jamais pour la réveiller ? Et avait-elle dormi ? Quels rêves heureux ou malheureux avaient peuplé son sommeil ? Gaspard s'impatientait. Il donna l'ordre à ses bateliers de l'attendre, et sauta sur la rive, décidé à escalader l'à-pic. En vain les rameurs firent-ils valoir le danger de l'entreprise et même son impossibilité ; il s'accrocha à la paroi accidentée de la colline et trouva un appui là où il ne semblait guère y en avoir un. L'escarpement, en vérité, n'était pas très grand ;

le danger du lit de Sainte Catherine provenait de ce que quiconque dormant sur une couche aussi étroite devait être précipité dans le cours d'eau qui coulait au-dessous. Gaspard poursuivit sa difficile ascension le long de la pente raide, et parvint enfin aux racines d'un arbre qui poussait près du sommet. En s'aidant des branches, il prit appui sur le bord extrême de la bande de terre, près de l'oreiller sur lequel reposait la tête nue de sa bien-aimée. Elle avait les mains croisées sur la poitrine ; ses cheveux noirs sur lesquels sa joue reposait retombaient sur sa gorge ; son visage était serein ; le sommeil était présent dans toute son innocence et son abandon ; tout sentiment passionné était tu, et son sein vibrait au rythme régulier de sa respiration. Il voyait les battements de son cœur soulever ses belles mains croisées sur sa poitrine. Aucune statue taillée dans le marbre en une effigie monumentale n'atteignait sa beauté ; et à l'intérieur de cette forme admirable logeait une âme vraie, tendre, dévouée et affectueuse qui jamais davantage ne réchauffa cœur humain.

Avec quelle passion sincère Gaspard la contempla, reprenant espoir à la vue de la sérénité qu'exprimait son visage angélique ! Un sourire ourla les lèvres de

Constance et lui aussi sourit involontairement en accueillant l'heureux présage ; et soudain elle rougit, son sein se souleva, une larme glissa d'entre ses cils noirs, et bientôt tout un flot s'écoula, lorsque, se redressant, elle s'écria : « Non ! Il ne mourra pas ! Je déferai ses chaînes ! Je le sauverai ! » Gaspard tendit les mains. Il rattrapa la silhouette légère, prête à tomber de la couche périlleuse. Elle ouvrit les yeux et contempla son amant qui avait veillé sur son rêve prémonitoire et l'avait sauvée.

Manon aussi avait bien dormi, avec ou sans rêve, et fut surprise au matin de voir qu'elle s'éveillait entourée d'une foule. La petite chapelle isolée était tendue de tapisseries, l'autel décoré de calices d'or ; le prêtre chantait une messe devant une armée de chevaliers agenouillés. Manon vit que le Roi Henri était là ; et elle chercha quelqu'un d'autre qu'elle ne trouva pas, lorsque la porte de fer du passage qui menait à la grotte s'ouvrit et Gaspard de Vaudemont entra, conduisant la belle Constance qui, dans ses vêtements blancs, les cheveux noirs défaits, le visage souriant et rougissant, luttant contre une émotion plus forte, approcha de l'autel et, s'agenouillant auprès de son amant, prononça les vœux qui les unirent à jamais.

Ce fut beaucoup plus tard que l'heureux Gaspard obtint de sa dame qu'elle lui révélât le secret de son rêve. En dépit du bonheur dont elle jouissait maintenant, elle avait trop souffert pour ne pas revenir avec terreur sur le temps où elle pensait que l'amour était un crime, et où chaque événement qui s'y rapportait prenait un aspect effroyable. Elle eut, dit-elle, bien des visions cette terrible nuit-là. Elle avait retrouvé l'esprit de son père et de ses frères au Paradis ; elle avait vu Gaspard remportant la victoire sur les Infidèles elle l'avait vu à la cour du Roi Henri, aimé et comblé de faveurs ; puis elle-même, tantôt languissant dans un couvent, tantôt jeune épousée, tantôt reconnaissante envers le Ciel pour la pleine mesure du bonheur qui lui était offert, tantôt pleurant à longueur de tristes journées, jusqu'à ce que soudain, elle s'imaginât en terre païenne, Sainte Catherine elle-même la conduisant secrètement à travers la cité des Infidèles. Elle entrait dans un palais et voyait les mécréants se réjouir de leur victoire ; puis, descendant dans les cachots, elles allaient à tâtons sous des voûtes humides, le long d'étroits passages couverts de moisissures, vers une cellule plus sombre, plus effrayante que le reste. Par terre, gisait un homme aux vêtements souillés, en haillons, les cheveux ébouriffés, la barbe hirsute et emmêlée. Ses joues étaient hâves et maigres; ses yeux avaient perdu de leur éclat; sa silhouette était celle d'un squelette; les chaînes pendaient sur ses os décharnés.

– Est-ce cet état attirant et ce vêtement flatteur qui adoucirent le cœur endurci de Constance ?, demanda, Gaspard en souriant à cette description de ce qui ne devait jamais se réaliser.

– En effet, répliqua Constance, car mon cœur me soufflait que j'en étais la cause; et qui donc pouvait rappeler la vie qui s'éteignait dans votre sang, qui pouvait vous apporter réparation, si ce n'est celle qui vous avait détruit ? Jamais mon cœur ne se sentit plus attiré par mon chevalier plein de vie et heureux qu'il ne le fut alors devant cette image d'épuisement, dans ces visions nocturnes où il gisait à mes pieds. Un voile se détachait de mes yeux: l'obscurité était repoussée. Je crois que pour la première fois, je sus ce qu'étaient la vie et la mort. Je fus amenée à croire que rendre les vivants heureux n'était pas faire injure aux morts; et je ressentis combien nocive et vaine était cette philosophie erronée qui plaçait la vertu et le bien dans la haine et la méchanceté. Vous ne deviez pas mourir ; il me fallait défaire vos chaînes, vous sauver et vous offrir de vivre pour l'amour. Je me levai d'un bond et la mort que je repoussais pour vous aurait, dans ma présomption, précipité la mienne, au moment même où je ressentais pour la première fois la véritable valeur de la vie, si votre bras n'avait été là pour me sauver, et votre voix chérie pour m'offrir d'être heureuse à jamais.

Le Mortel Immortel

16 Juillet 1833 – C'est pour moi un anniversaire mémorable ; j'achève ma trois cent vingt-troisième année !

Le Juif Errant ? Sûrement pas. Plus de dix-huit siècles ont passé sur sa tête. Comparé à lui, je suis un très jeune Immortel.

Suis-je vraiment immortel ? C'est là une question que je me pose, jour et nuit, depuis maintenant trois cent trois ans, et pourtant, je ne puis y répondre. Aujourd'hui même, j'ai discerné un cheveu gris au milieu de mes boucles brunes, ce qui, certes, est signe de décrépitude. Mais il peut y être caché depuis trois cents ans, car il est des personnes qui blanchissent entièrement avant l'âge de vingt ans.

Je raconterai mon histoire, et mon lecteur en jugera. Je la relaterai, et ferai en sorte que s'écoulent ainsi quelques heures d'une longue éternité devenue pour moi si fastidieuse... Éternellement, cela se peut-il de vivre éternellement ? J'ai entendu parler de sorts qui plongeaient les victimes dans un profond sommeil dont ils ne se réveillaient qu'au bout de cent ans, plus jeunes que jamais : je connais les Sept Dormants d'Ephèse ; être immortel de la sorte ne serait pas si pénible. Ah ! mais le poids du temps qui n'en finit jamais, le passage monotone des heures qui se succèdent sans fin ! Comme était heureux le Nourjahad de la fable ! Mais revenons à la tâche que j'entreprends.

Le monde entier connaît Cornelius Agrippa. Son souvenir est aussi immortel que son art qui fit de moi ce que je suis. Tout le monde a aussi entendu parler de son élève qui, en l'absence de son maître, invoqua sans le savoir l'affreux démon qui le mena à sa perte. Le récit, vrai ou faux, de cet incident, attira bien des ennuis au célèbre philosophe. Tous ses élèves le quittèrent aussitôt ; ses serviteurs disparurent. Il n'eut plus personne auprès de lui pour alimenter les feux qui brûlaient de façon continue quand il dormait, ni pour observer, quand il travaillait, les couleurs changeantes de ses mixtures. Ses expériences échouaient les unes après les autres car une seule paire de bras ne suffisait pas à les mener à bien : les esprits des ténèbres se moquaient de lui parce qu'il ne pouvait garder personne à son service.

J'étais alors très jeune, très pauvre et très amoureux. J'étais depuis un an environ l'élève de Cornelius, bien que je fusse absent au moment de l'accident. À mon retour, mes amis m'implorèrent de ne pas retourner chez l'alchimiste. Je tremblai en écoutant le récit sinistre qu'ils me firent. Je n'eus pas besoin d'un deuxième avertissement, et lorsque Cornelius vint m'offrir une bourse d'or si j'acceptais de rester sous son toit, j'eus le sentiment que Satan en personne venait me tenter. Je claquai des dents, mes cheveux se dressèrent sur la tête ; je m'enfuis en courant aussi vite que me le permettaient mes genoux tremblants.

Mes pas chancelants me dirigèrent là où ils s'étaient portés, tous les soirs, pendant deux ans, vers la source bouillonnante d'une eau vive et pure, au bord de laquelle s'attardait une jeune fille aux cheveux noirs, qui fixait de son regard lumineux le sentier que j'avais coutume d'emprunter. Je ne puis me souvenir d'une seule heure où je n'eusse aimé Bertha. Dès l'enfance, nous avions été voisins et camarades de jeu, ses parents comme les miens menant une vie modeste mais respectable. Notre attachement l'un à l'autre avait été pour eux une source de plaisir. Par un jour funeste, une fièvre maligne emporta à la fois son père et sa mère, et Bertha devint orpheline. Elle aurait trouvé un foyer chez nous, sous le toit paternel, mais, malheureusement, la vieille dame du château voisin, riche, seule et sans enfant, déclara son intention de l'adopter. Dès lors, Bertha fut vêtue de soie, habita un palais de marbre et fut considérée comme grandement favorisée par le destin. Cependant, dans sa nouvelle condition, entourée de nouveaux compagnons, Bertha resta fidèle à l'ami des jours modestes ; elle visitait souvent la maison de mon père et, lorsqu'il lui était interdit de s'y rendre, elle flânait dans le bois avoisinant et me rencontrait près de la fontaine ombreuse.

Elle déclarait souvent que les devoirs qu'elle avait envers sa nouvelle protectrice n'étaient nullement aussi sacrés que ceux qui nous liaient. J'étais cependant trop pauvre pour l'épouser et elle se lassa des tourments que je lui suscitais. Elle avait un esprit noble mais impatient, et enrageait contre les obstacles qui s'opposaient à notre union. Nous nous rencontrâmes donc après l'une de mes absences, au cours de laquelle elle avait été fortement assaillie de doutes. Elle s'en plaignit amèrement et me reprocha, ou peu s'en fallut, d'être pauvre. Je répondis vivement :

– Si je suis pauvre, je n'en suis pas moins honnête ! Sinon, il me serait possible de devenir rapidement riche !

Cette exclamation attira mille questions. Je redoutai de la choquer en lui disant la vérité, mais elle me la fit avouer. Alors, elle me lança un regard de dédain et répondit :

– Vous prétendez m'aimer, et vous avez peur d'affronter le Diable pour moi !

Je protestai que j'avais seulement craint de l'offenser, tandis qu'elle s'attardait sur l'importance de la somme que je recevrais en récompense. Ainsi encouragé, ou plutôt touché dans ma vanité, guidé par l'amour et l'espoir, raillant mes récentes peurs, d'un pas rapide et le cœur léger, je retournai voir l'alchimiste, acceptai son offre et fus immédiatement installé dans mes fonctions.

Une année s'écoula. Je fus en possession d'une somme d'argent non négligeable. L'accoutumance avait banni mes peurs. Malgré une vigilance des plus pénibles, je n'avais jamais repéré la trace du moindre pied fourchu et nul hurlement démoniaque ne troubla jamais le silence studieux de notre demeure. Je poursuivais toujours à la sauvette mes entretiens avec Bertha et l'Espoir naquit en moi, l'Espoir, et non pas la joie parfaite, car Bertha s'imaginait que l'amour et la sécurité étaient ennemis et prenait plaisir à les distinguer en moi. Bien qu'elle fût fidèle, ses manières étaient quelque peu celles d'une coquette, et j'étais jaloux comme un Turc. Elle me dédaignait de mille façons et n'aurait pourtant jamais reconnu qu'elle était dans son tort. Elle me rendait fou de colère et me forçait ensuite à lui demander pardon. Parfois, elle s'imaginait que je n'étais pas assez soumis et elle mettait alors en avant l'histoire d'un rival que sa protectrice appréciait. Elle était entourée de jeunes gens en habits de soie, de toute la société des hommes riches et gais. Comparé à eux, quelle chance pouvait avoir, si tristement vêtu, le disciple de Cornelius ?

Une fois, le philosophe empiéta si largement sur mon temps que je fus dans l'impossibilité de la rencontrer comme j'en avais l'habitude. Cornelius était engagé dans un travail important et je fus forcé de rester jour et nuit pour alimenter les fourneaux et surveiller les préparations chimiques. Bertha m'attendit en vain près de la fontaine. Son esprit altier s'irrita de ce manque d'égards; et quand enfin, je m'échappai, pendant les quelques petites minutes qui m'étaient allouées pour dormir, dans l'espoir qu'elle me consolerait, elle me reçut avec indifférence, me renvoya sur un ton de dédain et jura que n'importe qui obtiendrait sa main plutôt que celui qui n'était pas capable d'être, par amour pour elle, dans deux endroits à la fois. Elle se vengerait ! Et en vérité, c'est ce qu'elle fit. De ma retraite enfumée, j'appris qu'elle avait été à la chasse, en compagnie d'Albert Hoffer. Il était apprécié de sa protectrice et tous trois passèrent à cheval sous ma fenêtre couverte de suie. Il me sembla qu'ils mentionnaient mon nom, bientôt suivi d'un rire de dérision tandis qu'avec mépris, elle lançait vers ma maison un regard noir.

La jalousie entra dans mon cœur avec tout son venin et ses souffrances. Je versai alors un torrent de larmes à la pensée que Bertha ne serait jamais à moi; et je proférai aussitôt mille imprécations contre son inconstance. Cependant, il me fallait toujours attiser les feux de l'alchimiste, toujours observer les changements de ses mystérieuses mixtures.

Pendant trois jours et trois nuits, Cornelius avait veillé sur elles et n'avait pas fermé les yeux. Le progrès de ses alambics était plus lent qu'il n'avait pensé : malgré son inquiétude, le sommeil pesa sur ses paupières. Sans cesse, avec une énergie plus qu'humaine, il repoussa sa somnolence ; sans cesse, ses sens s'engourdirent. Pensivement, il regarda les creusets : « Ce n'est pas encore prêt, murmura-t-il. Faut-il qu'une autre nuit s'écoule avant que le travail soit accompli ? Winzy, tu es vigilant... tu es fidèle... Tu as dormi, mon garçon... tu as dormi la nuit dernière. Regarde ce récipient de verre. Le liquide qu'il contient est d'une couleur rose tendre. Au moment où il commencera à changer de teinte, réveille-moi, jusque-là, je vais essayer de dormir. D'abord il blanchira, puis il aura des éclats dorés ; mais attends jusque-là ; quand la couleur rose s'atténuera, réveille-moi. » J'entendis à peine les derniers mots qui furent, pour ainsi dire, marmonnés dans le sommeil. Même alors, il ne céda pas complètement à la nature. « Winzy, mon garçon, ajouta-t-il, ne touche pas au récipient, ne le porte pas à tes lèvres ; c'est un philtre... un philtre pour guérir de l'amour ; tu ne voudrais pas cesser d'aimer Bertha… Prends garde de le boire ! »

Et il s'endormit. Sa tête vénérable retomba sur sa poitrine et ce fut à peine si j'entendis sa respiration régulière. Pendant quelques minutes, je surveillai le récipient : la teinte rose du liquide resta inchangée. Puis mes pensées vagabondèrent. Elles se portèrent vers la fontaine et s'attardèrent à mille scènes charmantes qui jamais ne devaient se renouveler, plus jamais. Des vipères et des serpents envahissaient mon cœur tandis que j'avais le mot « jamais » sur le bord des lèvres. Quelle jeune fille hypocrite, fausse et cruelle ! Jamais plus elle ne me sourirait, comme le soir où elle avait souri à Albert. Femme indigne, abhorrée ! Je pensais que je ne resterais pas sans réparer l'offense ; elle verrait Albert expirer à ses pieds ; elle mourrait sous ma vengeance. Dédaigneuse, triomphante, elle avait souri ; elle connaissait mon malheur et le pouvoir qu'elle avait sur moi. Mais en quoi consistait-il ? Il suscitait ma haine… mon immense mépris… oh… tout sauf de l'indifférence ! Pourrais-je m'y résoudre ? Pourrais-je la considérer d'un regard impassible, reportant mon amour éconduit sur une femme plus belle et plus sincère ? Ce serait là vraiment une victoire !

Un vif éclat de lumière apparut brusquement sous mes yeux. J'avais oublié la préparation de l'initié; je la contemplai avec étonnement: des éclats d'une beauté admirable, plus brillants que ceux qu'émet le diamant lorsqu'il est frappé par les rayons du soleil, étincelaient à la surface du liquide; une senteur parfumée des plus agréables pénétrait mes sens; le récipient semblait un globe de lumière vive qu'il était plaisant de contempler et très tentant de goûter. Ma première pensée instinctivement inspirée par mes sens grossiers, fut: « Je vais, le boire, il le faut. » Je portai le récipient à mes lèvres. « Je serai guéri de mon amour, de ma torture ! » J'avais déjà avalé la moitié de la plus délicieuse des liqueurs que palais ait jamais connue, quand le philosophe s'agita. Je sursautai et fis tomber le verre; le liquide prit feu et brilla sur le plancher, tandis que je sentis Cornelius me serrer à la gorge, hurlant très fort « Misérable ! Tu as détruit le labeur de toute ma vie ! »

Le philosophe ignorait totalement que j'avais bu une partie de sa potion. Son idée était – et j'y apportai tacitement mon assentiment – que j'avais soulevé le récipient par curiosité et que, effrayé par sa clarté et par les éclats de lumière intense qu'il irradiait, je l'avais laissé tomber. Je ne le détrompai nullement. Le feu fut éteint, l'odeur disparut ; il se calma comme devait le faire un philosophe dans les pires épreuves, et il m'envoya me reposer.

Je n'essaierai pas de décrire le sommeil de gloire et de béatitude qui au paradis baigna mon âme pendant les dernières heures de cette nuit mémorable. Les mots seraient trop faibles et superficiels pour représenter le plaisir ou plutôt le bonheur qui envahit mon cœur à mon réveil. Je foulai l'air à mes pieds ; mes pensées étaient dans le ciel. La terre semblait être le ciel et il m'était donné de n'être plus que transport de joie. « C'est cela être guéri de l'amour, pensai-je. Je verrai Bertha aujourd'hui même et elle trouvera son amoureux froid et insensible, trop heureux de la dédaigner, et cependant si totalement indifférent ! »

Les heures couraient gaiement. Le philosophe, rassuré d'avoir une fois réussi et croyant pouvoir y parvenir à nouveau, se remit à concocter la même mixture. Il s'enferma avec ses livres et ses drogues et j'eus quelques jours de vacances. Je m'habillai avec soin, me regardai dans un vieux bouclier poli qui me servait de miroir ; il me sembla que j'étais devenu étonnamment plus beau. Je franchis en hâte les remparts de la ville, la joie dans l'âme, et la beauté du Ciel et de la Terre tout autour de moi. Je me dirigeai vers le château – le cœur léger car j'étais guéri de l'amour – et contemplai ses hautes tourelles. Bertha me vit de loin, comme je remontais l'allée. Je ne sais quel élan soudain s'empara de son cœur, mais à ma vue, elle descendit l'escalier de marbre d'un bond léger, comme un faune, se pressant à ma rencontre. Mais quelqu'un d'autre m'avait vu. La vieille sorcière de haute naissance qui se disait sa protectrice, et qui était son tyran, m'avait également aperçu ; haletante, elle parcourut la terrasse en claudiquant ; un page, aussi laid qu'elle, tenait sa traîne et l'éventait dans sa course ; elle arrêta ma belle amie d'un « Eh bien ! audacieuse demoiselle ! Où courez-vous si vite ? Retournez dans votre cage, les faucons sont lâchés ! ».

Bertha joignit les mains ; son regard resta fixé sur moi tandis que j'approchais. Je vis la lutte qui se livrait en elle. Comme je me mis à haïr cette vieille commère qui s'opposait aux aimables élans du cœur adouci de ma chère Bertha. Le respect pour son rang m'avait jusque-là fait éviter la châtelaine ; je méprisais maintenant ces considérations futiles. J'étais guéri de l'amour et m'élevais au-dessus de toutes les peurs humaines ; je pressai le pas et parvins bientôt à la terrasse. Comme Bertha paraissait belle ! Tandis que ses yeux lançaient des flammes, et que ses joues étaient rouges d'impatience et de colère, elle paraissait mille fois plus charmante et plus gracieuse que jamais. Je ne l'aimais plus, oh, non ! je l'adorais, je la vénérais, je l'idolâtrais !

Ce matin-là, avec plus de véhémence encore que d'habitude, elle avait été pressée de consentir à un prompt mariage avec mon rival. On lui reprocha les encouragements qu'elle lui avait manifestés. Elle fut menacée d'être renvoyée, frappée de disgrâce et de honte. Son esprit fier s'éleva contre cette menace ; mais, quand elle se rappela le mépris qu'elle avait accumulé à mon égard, et comment elle avait peut-être perdu ainsi celui qu'elle considérait maintenant comme son seul ami, elle pleura de remords et de rage. C'est alors que j'apparus. « Oh ! Winzy, s'écria-t-elle. Emmène-moi chez ta mère, dans sa maisonnette ; que je quitte bien vite ce luxe détestable et le malheur éprouvé dans cette noble demeure ; fais-moi retrouver la pauvreté et le bonheur. »

Je la serrai dans mes bras avec transport. La vieille dame resta muette de colère, et ne lança des invectives que lorsque nous fûmes déjà loin, sur le chemin de ma maison natale. Ma mère reçut avec tendresse et joie la belle fugitive, échappée de sa cage dorée pour retrouver la nature et la liberté mon père, qui l'aimait, l'accueillit chaleureusement ; ce fut un jour de réjouissance qui n'avait pas besoin de la potion céleste de l'alchimiste pour me plonger dans le ravissement.

Peu après cette journée mémorable, je devins l'époux de Bertha. Je cessai d'être l'élève de Cornelius, mais je continuai d'être son ami. Je me sentais toujours reconnaissant envers lui de m'avoir, sans le savoir, fait boire avec délice un élixir divin qui, au lieu de me guérir de l'amour (triste guérison ! remède solitaire et sans joie à des maux que ma mémoire transforme en bonheurs), m'avait inspiré courage et détermination, me faisant acquérir ainsi l'inestimable trésor que représentait ma chère Bertha.

Je repensais souvent avec émerveillement à cette période d'ivresse éprouvée jusqu'à l'extase. La boisson de Cornelius n'avait pas réalisé la tâche pour laquelle il prétendait l'avoir préparée, mais les effets avaient été plus puissants et plus heureux que ce que les mots peuvent exprimer. Ils diminuaient progressivement, mais se poursuivaient et peignaient la vie sous des couleurs resplendissantes. Bertha s'étonnait souvent de me voir le cœur léger et d'une gaieté peu coutumière ; car j'étais, auparavant, plutôt sérieux et même de tempérament triste. Elle m'aima d'autant plus que mon humeur était enjouée et, dans notre vie, la joie nous donna des ailes.

Cinq années plus tard, je fus brusquement appelé au chevet de Cornelius mourant. Il m'avait envoyé chercher en toute hâte, réclamant ma présence immédiate. Je le trouvai allongé sur son grabat, faible et moribond. Tout ce qui restait encore de vie en lui animait son regard perçant, et ses yeux étaient fixés sur un récipient de verre rempli d'un liquide rosâtre.

– Telle est, dit-il, d'une voix cassée, tout intérieure, la vanité des désirs humains ! Pour la deuxième fois, mes espoirs sont sur le point d'aboutir, et cette fois encore, les voilà détruits. Regarde cette liqueur... Te souviens-tu que j'en avais préparé une semblable, il y a cinq ans, avec le même succès alors, comme maintenant, mes lèvres assoiffées attendaient de goûter à l'élixir immortel, et tu l'as fait tomber ! À présent il est trop tard.

Il parlait avec difficulté et se laissa tomber sur son oreiller. Je ne pus m'empêcher de dire : « Révéré maître, comment un remède contre l'amour peut-il vous redonner vie ? »

Un faible sourire éclaira son visage alors que j'écoutais avec gravité sa réponse à peine intelligible.

– Un remède contre l'amour et contre tout... l'Élixir d'Immortalité. Ah ! si je pouvais le boire maintenant, je vivrais à jamais ! »

Tandis qu'il parlait, un reflet d'or brilla sur la solution fluide ; une senteur dont je ne me souvenais que trop bien envahit l'air ; tout faible qu'il était, il se redressa ; il semblait que la force revenait miraculeusement dans tout son corps ; il tendit les mains. Une forte explosion me fit sursauter : un rayon flamboyant jaillit de l'élixir et le récipient de verre éclata en mille morceaux ! Je tournai la tête vers le philosophe ; il était retombé ; ses yeux étaient vitreux, ses traits rigides ; il était mort ! Mais moi, j'étais vivant et j'allais vivre à jamais !

C'était ce qu'avait dit le malheureux alchimiste et, pendant quelques jours, je crus à ses paroles. Je me souvins de la bienheureuse ivresse ressentie après avoir subtilisé une partie du breuvage et en avoir bu. Je réfléchis au changement que j'avais éprouvé dans mon corps et dans mon âme : la souplesse bondissante de l'un, la folle légèreté de l'autre. Je m'observai dans un miroir et ne pus percevoir aucune modification dans mes traits depuis les cinq années qui venaient de s'écouler. Je me souvins des teintes lumineuses et de l'agréable senteur de cette délicieuse potion, digne du don qu'elle était en mesure d'octroyer : j'étais donc IMMORTEL !

Quelques jours plus tard, je ris de ma crédulité. Le vieux proverbe qui dit que « nul n'est prophète en son pays » était vrai en ce qui nous concernait, moi et mon défunt maître. Je l'aimais comme homme, je le respectais comme sage, mais je tournais en dérision l'idée qu'il pouvait commander aux puissances des ténèbres, et me moquais de la terreur, empreinte de superstition, avec laquelle le commun le considérait. C'était un philosophe avisé, mais il n'avait de relation qu'avec les esprits revêtus de chair et d'os. Sa science était purement humaine ; et la science humaine, comme bientôt je m'en persuadai, ne pourrait jamais maîtriser les lois de la nature au point d'emprisonner l'âme à jamais dans son habitation de chair. Cornelius avait préparé un breuvage régénérant, plus étourdissant que le vin, plus doux et plus parfumé qu'un fruit, possédant probablement de fortes vertus médicinales, communiquant de la joie au cœur et de la force dans les membres ; mais ses effets s'épuiseraient ; ils s'étaient déjà atténués dans mon corps. J'avais eu la chance d'avoir bu à longs traits la santé, la gaité et peut-être une longue vie, que mon maître avait eue à sa portée, mais là s'arrêtait ma bonne fortune : la longévité était bien différente de l'immortalité.

Pendant de nombreuses années, je continuai à entretenir cette conviction. Parfois, une pensée me traversait l'esprit : l'alchimiste s'était-il vraiment abusé ? Mais habituellement, j'avais conscience que je connaîtrais le sort de tous les fils d'Adam, quand mon heure serait venue... un peu plus tard, mais toutefois à un âge encore normal. Il était certain pourtant que je gardai un aspect étonnamment jeune. On se moquait de ma complaisance à consulter si souvent le miroir, mais je le faisais en vain : mon front n'avait pas une ride, mes joues, mes yeux, ma personne tout entière continuaient d'être aussi peu marqués qu'à vingt ans.

J'étais troublé. Je voyais la beauté fanée de Bertha : j'avais plutôt l'air d'être son fils. Petit à petit, nos voisins commencèrent à faire les mêmes remarques, et je découvris enfin qu'on m'appelait le « Savant ensorcelé ». Bertha elle-même fut de plus en plus mal à l'aise. Elle devint jalouse et irritable, et finit par me poser des questions. Nous n'avions pas d'enfant ; nous vivions l'un pour l'autre, et bien que son esprit vif se trouvât, en vieillissant, s'allier quelque peu à la mauvaise humeur, et que sa beauté tristement déclinât, je la chérissais dans mon cœur comme la maîtresse que j'avais adulée, la femme que j'avais recherchée et conquise en éprouvant un si parfait amour.

Enfin, notre situation devint intolérable : Bertha avait cinquante ans, moi, j'en avais vingt. J'avais, par honte, quelque peu adopté des manières d'un homme plus âgé ; je ne cherchais plus à danser en compagnie de joyeux jeunes gens, mais mon cœur vibrait avec eux comme je retenais mes pas, et je faisais triste mine au milieu des coqs du village. Mais avant l'époque dont je parle, les choses avaient changé : nous fûmes universellement repoussés ; on nous accusa, moi, du moins, d'avoir gardé des relations coupables avec certains amis présumés de mon ancien maître. La pauvre Bertha inspirait de la pitié mais on la délaissait. Moi, j'étais considéré avec horreur et haine.

Que faire ? Nous étions assis près de notre feu, l'hiver : la pauvreté se faisait sentir, car personne ne voulait acheter les produits de ma ferme ; et plus d'une fois, pour disposer de nos biens, j'avais été forcé de parcourir trente kilomètres pour me rendre dans des endroits où je n'étais pas connu. Il est vrai que nous avions économisé pour les mauvais jours, et ces jours-là étaient arrivés.

Nous étions assis près du feu solitaire, moi, jeune homme au cœur vieux avec une femme vieillie. Bertha insista à nouveau pour savoir la vérité ; elle récapitula tout ce qu'elle avait entendu dire à mon sujet et ajouta ses propres observations. Elle me conjura de rejeter le charme ; elle m'exposa combien les cheveux gris étaient bien plus seyants que mes boucles châtains ; elle discourut sur la révérence et le respect dûs à l'âge, tellement préférables au peu de considération accordée à de simples enfants : pouvais-je vraiment imaginer que les dons méprisables de la jeunesse et de la beauté compensaient la disgrâce, la haine et le mépris ? Non, pour finir, je serais brûlé pour avoir pratiqué la magie noire tandis qu'elle, à qui je n'avais pas daigné communiquer la moindre parcelle de ma bonne fortune, serait lapidée comme complice. Enfin, elle insinua qu'il me fallait partager avec elle mon secret et lui attribuer les mêmes avantages que ceux dont je jouissais, ou alors elle me dénoncerait ; et elle fondit en larmes.

Ainsi attaqué, il me sembla que le mieux était de dire la vérité. Je la lui révélai le plus tendrement possible et ne parlai que d'une « très longue vie » et non pas d'immortalité : cette présentation en réalité correspondait le mieux à mes propres idées.

Quand j'eus fini, je me levai et dis :

– Alors, ma chère Bertha, dénonceras-tu l'amant de ta jeunesse ? Non, je le sais bien. Mais c'est trop dur pour toi, ma pauvre femme, d'avoir à souffrir de ma mauvaise fortune et de la science maudite de Cornelius. Je vais te quitter. Tu possèdes assez de biens et, en mon absence, les amis reviendront. Je vais partir : jeune comme je parais et fort comme je suis, je peux, inconnu et à l'abri du soupçon, travailler et gagner mon pain au milieu d'étrangers. Je t'aimais quand nous étions jeunes ; que Dieu me soit témoin que je ne t'abandonnerais pas dans la vieillesse, si ta sécurité et ton bonheur ne le requerraient. »

Je pris mon chapeau et me dirigeai vers la porte aussitôt, Bertha me passa les bras autour du cou et ses lèvres pressèrent les miennes.

– Cher Winzy, mon mari, non, dit-elle, tu ne partiras pas seul, emmène-moi ; nous quitterons cet endroit, et au milieu d'étrangers, comme tu le dis, nous ne serons pas soupçonnés et vivrons en sécurité. Je ne suis pas si vieille que je te fasse honte, mon Winzy ; je pense que l'effet du charme va disparaître et avec la bénédiction de Dieu, tu paraîtras plus âgé comme il sied ; il ne faut pas que tu me quittes.

À mon tour, j'éteignis affectueusement cette femme si bonne.

– Mais non, Bertha, si ce n'était dans ton intérêt, je n'aurais jamais pensé à le faire. Tant que tu m'es épargnée, je serai ton mari honnête et fidèle et ferai jusqu'au bout mon devoir à tes côtés.

Le lendemain, en secret nous préparâmes notre départ. Nous fûmes obligés de faire de grands sacrifices pécuniaires ; cela nous ne pouvions l'éviter. Nous réalisâmes une somme suffisante pour subvenir à nos besoins, du moins tant que Bertha vivrait ; et sans dire adieu à personne, nous quittâmes notre pays pour nous réfugier dans un coin éloigné, dans l'ouest de la France.

Il était cruel de déplacer la pauvre Bertha, loin de son village natal et des amis de sa jeunesse, vers un pays nouveau, à la langue et aux coutumes nouvelles. L'étrange secret de mon destin rendait ce changement immatériel à mes yeux; mais je compatis profondément et me réjouis de voir qu'elle trouvait des compensations à ses malheurs dans toute une variété de petits détails ridicules. Loin de tous commérages indiscrets, elle chercha à réduire l'apparente disparité de nos âges par mille petits artifices féminins : du fard, des vêtements jeunes et un faux air juvénile. Je ne pouvais me fâcher. Ne portais-je pas moi-même un masque ? Pourquoi contester le sien parce qu'il était moins réussi ? J'étais profondément chagriné quand je repensais que cette vieille femme jalouse, minaudeuse et maniérée était bien ma chère Bertha : cette jeune fille aux yeux et aux cheveux noirs, aux sourires malicieux et enchanteurs, à l'allure d'un faon, que j'avais si chèrement aimée et conquise avec de tels transports. J'aurais révéré ses boucles grises et ses joues fanées; mais telle qu'elle était ! C'était mon œuvre, je le savais, mais n'en déplorais pas moins ce genre de faiblesse humaine.

Sa jalousie n'était jamais en repos. Son activité principale était de découvrir qu'en dépit des apparences extérieures, je vieillissais. Je crois vraiment que cette pauvre femme m'aimait sincèrement dans son cœur, mais personne ne manifesta jamais son amour de façon plus torturante. Elle percevait des rides sur mon visage et trouvait ma démarche sénile, alors que je bondissais avec toute la vigueur de la jeunesse et qu'au milieu de vingt jeunes gens je paraissais le plus jeune. Je n'osais jamais m'adresser à une autre femme. Une fois, s'imaginant que la belle du village me considérait d'un air engageant, elle m'apporta une perruque grise. Son discours constamment auprès des personnes de sa connaissance était que, malgré mon apparence jeune, la dégradation physique s'attaquait à mon corps ; et elle soutenait que le pire de mes symptômes était mon apparente bonne santé. Ma jeunesse était une maladie, disait-elle, et je devais à tout moment me préparer, sinon à une mort subite et affreuse, du moins à m'éveiller un matin, courbé et les cheveux blancs, avec toutes les marques de la vieillesse. Je la laissais parler ; je me ralliais souvent à ses conjectures. Ses avertissements étaient en accord avec mes réflexions interminables sur mon état et j'écoutais avec un intérêt sincère, bien que douloureux, tout ce que son esprit vif et son imagination enflammée trouvaient à dire sur le sujet.

Pourquoi m'appesantir sur ces infimes détails ? Nous vécûmes ainsi pendant encore de nombreuses années. Bertha devint paralysée et grabataire. Je la soignai comme une mère l'aurait fait d'un enfant. Elle s'aigrit et répéta sans cesse le même refrain : à savoir combien de temps je lui survivrais. J'ai toujours trouvé une source de consolation dans le fait d'avoir scrupuleusement accompli mon devoir envers elle. Elle avait été ma femme dans sa jeunesse, elle le resta dans sa vieillesse ; et enfin, lorsque je mis son corps en terre, je pleurai, sentant que j'avais perdu tout ce qui me liait vraiment à l'humanité.

Depuis, combien mes soucis et mes malheurs furent nombreux, combien rares et pauvres mes plaisirs ! J'arrête ici mon histoire ; je ne la poursuivrai pas plus avant. Un marin privé de gouvernail et de boussole, ballotté sur une mer orageuse, un voyageur perdu sur une vaste étendue de lande, sans repère ni borne pour le guider, voilà ce que je suis : plus perdu, plus désespéré encore que l'un et l'autre. Un bateau proche, une lueur aperçue dans une lointaine chaumière peut les sauver ; moi, je n'ai pour toute balise que l'espoir de la mort.

La Mort ! Une amie mystérieuse, sans visage, pour la faible humanité ! Pourquoi moi seul d'entre tous les mortels, m'as-tu rejeté de ton refuge sûr ? Oh ! connaître la paix du tombeau, le silence profond de la tombe derrière les grilles ! Pour que les pensées cessent d'agiter mon esprit et que mon cœur ne soit plus touché par des sentiments de tristesse qui ne varient que par les différentes formes sous lesquelles ils se manifestent… !

Suis-je immortel ? J'en reviens à ma première question. Tout d'abord, n'est-il pas plus vraisemblable de penser que le breuvage de l'alchimiste entraînait la longévité plutôt que la vie éternelle ? Tel est mon espoir. Et puis, il faut se souvenir de ce que je n'avais bu que la moitié de la potion qu'il avait préparée. N'était-il pas nécessaire d'en boire la totalité pour réaliser le charme ? Avoir avalé la moitié de l'ÉLIXIR d'IMMORTALITÉ revient à n'être qu'à demi-immortel ; mon « éternité » n'est alors que partielle et tenue pour nulle.

Mais encore, qui pourrait dénombrer les années de demi-immortalité ? J'essaie souvent de me représenter selon quelle règle l'infini peut se diviser. Parfois, j'imagine que la vieillesse s'empare de moi. Je n'ai découvert sur moi qu'un seul cheveu gris. Sot que je suis ! Vais-je m'en plaindre ? Bien sûr, la peur de l'âge et de la mort souvent s'insinue froidement dans mon cœur ; et plus je vis, plus je redoute la mort, même si j'abhorre la vie. L'homme, né pour mourir, est une telle énigme lorsqu'il combat, comme je le fais, contre les lois établies de la nature.

Mais n'était-ce l'anomalie de ce que je ressens, je pourrais sûrement mourir ; la mixture de l'alchimiste ne saurait pas résister à l'épreuve du feu, de l'épée et de l'eau meurtrière. J'ai contemplé les profondeurs bleues de bien des lacs tranquilles et le flot tumultueux de plus d'une puissante rivière et je me suis dit que la paix habitait ces eaux ; pourtant je m'en suis écarté pour vivre un jour de plus. Je me suis demandé si le suicide serait un crime pour celui qui, par cet acte seul, pourrait voir s'ouvrir les portes de l'autre monde. J'ai tout tenté, sauf me proposer comme soldat ou duelliste, objet de destruction pour mes… non, je ne puis les appeler mes compagnons de vie, sûrement pas, et c'est pourquoi je me suis dérobé. Ce ne sont pas mes compagnons. La force inextinguible de vie dans mon corps et leur existence éphémère nous placent à des pôles opposés. Je n'ai pu lever la main ni contre le plus faible ni contre le plus puissant d'entre eux.

Je continue à vivre depuis de nombreuses années, seul et las de ma personne, souhaitant la mort et ne mourant pourtant jamais, un mortel immortel. Ni l'ambition ni l'avarice ne peuvent occuper mon esprit, et l'amour ardent qui me ronge le cœur et qui jamais n'est payé de retour, qui jamais ne trouve son égal pour se donner libre cours, n'est là que pour me tourmenter.

Aujourd'hui même, j'ai conçu un projet par lequel peut-être je puis en finir, sans suicide et sans faire d'autrui un autre Caïn : c'est une expédition à laquelle aucune constitution humaine ne peut survivre, même douée de la jeunesse et de la force qui habitent la mienne. Ainsi, je mettrai à l'épreuve mon immortalité et reposerai à jamais, ou alors, j'en reviendrai, comme prodige et bienfaiteur de l'espèce humaine.

Avant mon départ, une triste vanité m'incite à rédiger ces pages. Je ne voudrais pas mourir sans laisser un nom derrière moi. Trois siècles ont passé depuis que j'ai pris le breuvage fatidique ; il ne s'écoulera pas une autre année avant qu'encourant de gigantesques dangers, luttant sur place contre les forces du froid, et assailli par la famine, le labeur et la tempête, je n'aie offert mon corps, cette cage trop tenace pour une âme assoiffée de liberté, aux éléments destructeurs de l'air et de l'eau ; à moins que mon nom, si je survis, ne figure comme étant celui de l'un des plus célèbres fils des hommes ; et, ma mission réalisée, j'adopterai des moyens plus sûrs et libèrerai, par la dispersion et la destruction des atomes qui composent mon organisme, la vie qui y est emprisonnée et qui l'empêche si cruellement de s'élever de cette triste Terre vers une sphère plus en accord avec son essence immortelle.

ENTRE VIDE ET CHAOS

Présentation par Liliane Abensour

> « C'est de part en part une fantaisie ; elle s'avance sur une arête pas plus large qu'une lame de couteau, d'un pas somnambulique. C'est au fond ce qui se produit dans cette création littéraire. »

Il est des écrivains d'une seule œuvre, comme surgie du tumulte de leurs jeunes années. Mary Shelley serait de ceux-là. Elle n'avait pas dix-neuf ans, en 1816, quand elle écrivit *Frankenstein*.

De même que le *Château d'Otrante* de H. Walpole a sa légende, trouvant son origine dans un rêve, *Frankenstein* a la sienne et fut, dit-on, conçu sur un défi lancé par Byron, par une nuit d'orage. « Il était le fruit de jours heureux, nous précise Mary Shelley, quand la mort et le chagrin n'étaient que des mots qui ne trouvaient pas de véritable écho en mon cœur. »[1]

Les romans qui suivirent, *Lodore*, en 1835, et *Falkner* en 1837, écrits dans une période particulièrement malheureuse de sa vie où la mort et le chagrin se firent réalité, furent, en leur temps, mieux accueillis que son premier roman ou que *Le Dernier Homme* (1826), et loués pour leur vérité psychologique.

On eût dit que les épreuves rencontrées, la mort de plusieurs enfants en bas âge, puis celle de Percy Shelley, son mari, l'avaient mise en accord avec le goût du jour pour une littérature sentimentale et édifiante, la tirant malgré elle vers l'ère victorienne commençante. Les éléments biographiques envahirent sa production romanesque, comme si l'irruption traumatisante de la réalité et les expériences vécues étaient venues entraver la vie imaginaire, briser les élans d'une inspiration créatrice originale, la rendant plus raisonnable, plus raisonnante. Il n'est jusqu'à la révision du texte de *Frankenstein* en 1831 qui ne témoigne du besoin d'une rhétorique conventionnelle, d'un académisme

1 Introduction à la réédition de 1831.

réconfortant, venant aplatir les formulations jugées trop audacieuses.

Quel statut prennent alors les écrits plus courts, histoires et récits, que l'on pourrait croire des esquisses, des brouillons par rapport aux romans ? Composés parallèlement, de 1829 à 1839, pour le magazine *Keepsake*, et rassemblés par Richard Garnett en un recueil posthume[2], ils semblent offrir à Mary Shelley, par leur forme ramassée et le recours au fantastique, la possibilité de renouer avec l'inspiration première, au plus près de ses peurs et de ses aspirations, de revenir à ses thèmes obsédants. Dans une tension entre rêve et souffrance, à partir d'influences reçues, elle y fait œuvre personnelle :

« Mais le Merveilleux est moins encore la tension extrême de l'être que la conjonction du désir et de la réalité extérieure. » ... « Le moi, nous dit Pierre Mabille, un alambic où l'air, l'eau, l'aliment étranger se fait chair, une chair semblable à celle de tous les êtres vivants et en même temps si personnelle qu'elle reflète une formule particulière, une équation unique.

2 *Tales and Stories*, 1891, réédité en fac-similé, Folcroft Library Editions, 1975, dont est extrait le présent choix.

Jaillissant de ce merveilleux fourneau de l'alchimie, les fusées du désir (impulsion de toute violence, éruptions de flammes), les besoins, les appétits et aussi les dégoûts et les refus. »[3]

Ainsi Mary Shelley fait chair l'idéalisme platonicien de Percy Shelley, les revendications de sa mère, Mary Wollstonecraft, morte à sa naissance, l'autrice de *Défense des Droits de la Femme*. Elle emprunte des éléments à la littérature gothique ainsi qu'à *Saint-Léon* et à *Caleb Williams* de William Godwin, son père. Dans ces courts récits, le pacte avec le Diable, le philtre d'immortalité, les rêves prémonitoires, les grottes et les souterrains sont autant de matériaux marqués au sceau de sa sensibilité douloureuse.

Hantée par l'idée de création – la création des corps, la création d'une œuvre –, elle installe la mort au cours de ses récits : la réalité de la mort, toujours menaçante, le plus souvent niée par un deuil impossible, par un temps suspendu, insaisissable, qui ne donne plus lieu qu'à des dédoublements, des identifications et des métamorphoses. L'élément fantastique, qui toujours se soustrait aux exigences de la vraisemblance, ici

3 *Le Merveilleux*, Les éditions des quatre vents, 1946, pp. 11 et 69.

confronté à la réalité, la met en question, l'interroge par son intrusion insolite.

Pour Mary Shelley, « L'invention ne consiste pas à créer à partir du vide, mais du chaos »[4]. Un chaos intérieur, celui de l'imagination, qui fait peur et qu'il faut dominer. À l'opposé, le vide, le dénuement tentant jusqu'au suicide. « L'Endeuillée », « Le Mortel Immortel » laissent passer cette angoisse. Mais « Le Rêve » et « Transformation »[5] connaissent des fins heureuses, se veulent rassurants. La création littéraire n'est-elle pas, en effet, dans ses moments les plus féconds, un cheminement périlleux sur une crête, entre vide et chaos ? Mais à vouloir surmonter le vide, à vouloir ordonner le chaos, dans le temps qui sépare *Frankenstein* des récits de *Tales and Stories*, le Prométhée moderne s'est peut-être souvent fait trop humain, trop tristement humain.

Liliane Abensour

4 Introduction à la réédition de 1831.

5 Cette nouvelle n'a pas été reprise dans la présente édition (N.D.É).

Table des matières

Couverture composée par Zen My Nguyen
Achevé d'imprimer sur les presses
de Présence graphique à Monts
en août 2024